부흥을 넘어 변화로

조봉희 저

베드로서원

부흥을 넘어 변화로

머리말

　부흥은 새로운 변화의 뇌관에 불을 당기는 성령의 역사가 나타나야 합니다. 이것이 1907년 평양 장대현교회 부흥회 때 길선주 장로가 앞장서서 전개했던 회개운동이기도 합니다. 진정한 부흥은 구체적인 삶의 변화로 이어져야 합니다. 기독교 역사상 부흥운동 이후에는 반드시 개인과 사회가 혁신적으로 변화되었습니다. 성경과 기독교 역사가 보여주는 부흥은 새로운 사회(New Society)를 만들어 놓았습니다. 우리 한국교회의 부흥은 전국 강산을 새롭게 변화시켰습니다.

　그래서 Again 1907, 즉 우리 한국교회의 부흥 100주년 주제가 '부흥을 넘어 변화로!' 입니다. 부흥은 교회성장만을 위한 값싼 구호가 되어서는 안 됩니다. 부흥의 결과는 반드시 새로운 변화를 가져와야 합니다. 독일 경건주의 운동, 영국 웨일즈의 부흥운동, 미국의 대각성운동, 인도의 부흥운동은 모두 신앙의 역동성을 불러 일으켰습니다. 그리고 평양대부흥은 환락의 도성 평양을 '새 예루살렘'으로 만들었습니다. 기독교 초기 성령의 부흥을 체험한 사람들은 사회적 신분의식과 자존심을 버리고 진정한 변화를 목말라 했습니다.

그러기 위해서 현대교회의 부흥회는 일순간적인 감동과 은혜체험으로 끝나서는 안 됩니다. 코믹한 웃음 잔치로 전락되어서는 더더욱 안 됩니다. 교회성장을 위한 프로그램의 일환이 되어서도 안 됩니다. 개인과 사회의 대변혁을 가져와야 합니다. 성령님께서 일으켜주시고 부어주시는 부흥의 은혜를 체험한다면 반드시 변화된 삶으로 이어져야 합니다. 21세기 새 시대의 메가트렌드를 주도해야 할 한국교회는 부흥 100주년을 기점으로 새 사람, 새 교회, 새 사회를 만들어가는 새 변화를 꿈꾸어야 합니다. '부흥을 넘어 변화로 나가야 합니다!'

저는 이것을 거룩한 갈망(divine desire)이라고 표현하고 싶습니다.

당신도 새로운 변화를 향한 거룩한 갈망을 가슴에 품고 살고 싶지 않으세요!

이번에 이 책의 발행을 위해 교열 작업에 한 여름의 비지땀을 흘려준 이성준 목사, 박미혜 간사, 그리고 편집과 디자인에 고귀한 수고를 아끼지 않으신 베드로서원 한영진 사장님과 직원들에게 풍성한 감사를 드립니다.

조봉희

c.o.n.t.e.n.t.s.

변화만이 살길

1. 변화만이 살 길

『여러분은 이 시대의 풍조를 본받지 말고, 마음을 새롭게 함으로 변화를 받아서 하나님의 선하시고 기뻐하시고 완전하신 뜻이 무엇인지를 분별하도록 하십시오.』 (표준번역, 롬 12:2)

변화만이 살 길

미국 캘리포니아 산호세의 실리콘 밸리는 전 세계를 움직이는 'IT 공화국' 입니다. IT산업 단지에서 가장 흥미로운 곳은 클린룸으로 컴퓨터 칩을 만드는 곳입니다. '백석방' 이라 불리는 그곳에 들어갈 때는 몸에 비닐 옷을 입고 모자를 쓰고 들어가야 합니다. 조금이라도 오염이 되면 안 되고, 어떠한 이물질이라도 있으면 안 되기 때문입니다. 이렇듯 철저한 관리에도 불구하고 반도체 열 개 중 하나는 오염으로 버려진다고 합니다. 그 이유는 사람의 몸에서 떨어져 나오는 세포 때문이라고 합니다.

실리콘 밸리의 박물관에는 사람들의 몸에서 하루에 얼마나 많은 세포가 떨어져 나가 죽은 세포가 되는지를 알려주는 섹션이 있습니다. 집에서 바닥 청소를 하면 진공청소기

먼지의 80퍼센트가 사람의 몸에서 떨어진 죽은 세포라고 합니다. 뱀이 허물을 벗듯이 사람도 매일 허물을 벗고 있는 것입니다. 하지만 이러한 몸의 변화를 통해서 인간은 생명을 유지하고 있습니다.

인체의 모든 세포조직은 5년마다 완전히 새롭게 다른 세포로 바뀝니다. 입 속에서도 하루에 세 번씩 새로운 세포가 생깁니다. 정말 신기합니다. 창조주 하나님의 신묘막측한 솜씨에 찬탄과 감사를 드리게 됩니다.

이것을 '변화'라고 부릅니다. 우리의 본 모습을 그대로 유지하고 살아가기 위해서는 반드시 변화해야 합니다. 변화는 우주 가운데 살아있는 모든 생명체에 동일하게 적용되는 원리입니다.

'변즉생 불변즉사(變則生 不變則死)'라는 말이 있습니다. 변화하면 살고, 변화되지 않으면 죽는다는 뜻입니다. "허물을 벗지 않는 뱀은 죽는다"는 서양 속담과 같은 말입니다. 알을 깨고 나와야 새로운 세계로 비약할 수 있는 원리입니다. 과감하게 변화하면 얼마든지 장수하며 전혀 새로운 세계를 접할 수 있습니다.

그 좋은 예가 솔개의 자기 변화입니다. 솔개는 가장 장수하는 조류로 알려져 있습니다. 솔개는 최고 70년의 수명을 누릴 수 있는데 이렇게 장수하려면 약 40년 정도 되었을 때 매우 고통스럽고 중요한 결심을 해야만 합니다. 솔개는 40년 정도를 살게 되면 발톱이 노화하여 사냥감을 효과적으로 잡아챌 수 없게 됩니다. 부리도 길게 자라고 구부러져 가슴에 닿을 정도가 되고, 깃털이 짙고 두껍게 자라 날개가 무거워져 하늘로 날아오르기가 나날이 힘들게 됩니다.

이 상황에 직면한 솔개에게는 두 가지 선택이 있을 뿐입니다. 그대로 죽을 날을 기다리든가, 아니면 약 반 년에 걸친 매우 고통스런 갱생 과정을 수행해야 합니다. 갱생의 길을 선택한 솔개는 먼저 산 정상 부근으로 높이 날아올라 그곳에 둥지를 짓고 머물며 고통스런 수행을 시작합니다. 먼저 부리로 바위를 쪼아 부리가 깨지고 빠지게 만듭니다. 그러면 서서히 새로운 부리가 돋아나, 그 새로 돋은 부리로 발톱을 하나하나 뽑아냅니다. 새로운 발톱이 돋아나면 이번에는 날개의 깃털을 하나하나 뽑아냅니다. 이렇게 약 반 년이 지나면 묵은 털이 뽑히고 새 깃털이 돋아난 솔개는 완전히 새로운 모습으로 변신하게 되어 다시 힘차게 하늘로 날아올라 30년의 수명을 더 누리게 된다는 것입니다. 얼마나 놀라운 일입니까? 정말 신기하지 않습니까? 변화하지 못하면 40년으로 수명이 끝나고, 변화를 시도하면 70년 장수하게 됩니다. 이것은 인간의 삶에도 어김없이 적용되는 진리입니다.

변화에는 4T로 잠정적 변화(Tentative change), 기술적 변화(Tactical change), 전환적 변화(Transitional change), 혁신적 변화(Transformational change)가 있습니다. 여기 혁신적 변화는 근본적 변화를 말합니다. 바로 이것이 로마서 12장 2절 말씀의 본질이자 핵심입니다. "마음을 새롭게 함으로 변화를 받으라.(Be transformed by the renewing of your mind)" 이 '변화를 받으라.'는 말은 신약에 두 번 사용됩니다. 그 중 하나는 예수님께서 변화산상에서 그의 모습이 달라졌을 때로(마 17:2) 근본적이고 완전한 변화를 말합니다.

서양 속담에 "No Carnelian, but Caterpillar"라는 말이 있습니다. 단순히 색상만 바뀌는 변화가 아니라 애벌레가 번데기를 뚫고 나와 날개를 펴고 비상하여 온전한 나비가 되기까지의 총체적인 변화를 말합니다.

그러면 우리도 어떻게 해야 근본적이고도 완전한 변화를

받을 수 있을까요?

예수님을 영접함으로 새롭게 거듭나라

변화의 본질은 근본이 달라지는데 있습니다. 성경은 이를 '거듭남'이라 말합니다. born again. 즉, 예수 안에서 다시 태어나는 것입니다. 예수님을 영접함으로 B.C.(Before Christ) 인생에서 A.D.(Anno Domini = in the year of our Lord) 인생으로 전환하는 것을 말합니다. 근본이 달라져 새 사람으로 변화되는 것입니다.

교회생활은 세상이 말하는 종교생활이 아닙니다. 교회를 다니므로 삶의 질이 좀 더 나아지는 정도가 아닙니다. 전인격이 변화되고 삶의 목적이 바뀌는 것을 말합니다. 내 인생의 주인이 내가 아니라 주님이심을 알게 되는 일대 변혁의 사건입니다. 예수 그리스도의 은혜로 완전히 변화되는 것입니다.

헨리 데이비드 소로우(Henry David Thoreau)는 "나쁜 잎을 천 번 자르는 것보다 뿌리를 한 번 쳐내는 것이 낫다."고 말합니다. 근본적 변화를 피력하는 표현입니다.

사도 바울은 자신의 근본적 변화 체험을 기초로 "누구든지 그리스도 안에 있으면, 그는 새로운 피조물입니다. 옛것은 지나갔습니다. 보십시오. 새것이 되었습니다."(고후 5:17)라고 하였습니다.

그저 세월에 나를 내맡긴 채 흘러가는 인생이 아닙니다. 시간이 가고 해가 바뀌는 것이 능사가 아닙니다. 예수님을 영접하는 그 순간부터 내 인생의 새로운 시작인 것입니다. 인생이 새롭게 기록되어지고 주님 안에서 완전히 새 사람이 되는 것입니다. 무엇보다 당신이 새로워져야 다른 모든 부분의 변화가 가능합니다.

예수님은 부활의 능력으로 근본을 새롭게 변화시켜 줍니다. 신약성경에서는 이 능력을 57번이나 강조하고 있습니다. 그 만큼 중요하다는 뜻입니다. 예수님의 부활 능력은 옛 사람에서 새 사람으로 완전히 변화시킵니다. 예수님을 믿고 새롭게 거듭나야 합니다.

말씀을 묵상하라

마음을 새롭게 하려면 날마다 말씀을 묵상해야 합니다.

즉, 내면세계를 정화시키기 위한 유일한 길은 말씀묵상뿐입니다. 아침에 일어나서 무엇을 읽고 보고 묵상하면서 시작하는지에 따라서 당신의 하루가 달라집니다. 하나님의 말씀으로 시작하는 하루는 깨끗하게 정화된 마음으로의 하루를 열어줍니다.

'묵상'의 어원을 거슬러 보면, 구약에서 하나님께 제물로 바쳐지는 소나 양의 공통점은 되새김질에 있습니다. 소는 위가 네 개나 있어서 어떤 딱딱한 곡물도 되새김질을 통해 부드럽게 소화시킵니다. 여기서 묵상이란 단어가 생기게 된 것입니다. 그래서 묵상(Meditation)이란 '생각의 소화(thought digestion)'라는 뜻입니다. 말씀을 묵상할수록 생각과 마음가짐이 분해되고 소화되어 깨끗하게 되어 새로운 변화를 이루게 되는 것입니다.

신문이나 텔레비전을 보는 시간이 많다면, 세상의 기준과 가치관으로 살 수밖에 없고 내면세계 또한 변화될 수 없습니다. 경력신앙인에 머물 수밖에 없습니다. 최소한 신문 구독이나 텔레비전 시청보다는 성경봉독과 묵상시간이 더 늘어나야 영성 향상과 변화의 계기가 마련될 것입니다.

경영 컨설턴트인 켄 블랜차드(Kenneth Blanchard)는

"변화란 단순히 과거의 습관을 버리는 것이 아니라, 과거의 습관 대신 새로운 습관을 익히는 것이다."라고 하였습니다.

그렇습니다. 변화되기 위해서는 새로운 시도가 필요합니다. 날마다 잠시라도 하나님의 새로운 말씀을 묵상하면 반드시 속사람이 변화됩니다. 날마다 말씀을 묵상하는 새로운 습관이 마음의 본질을 새롭게 변화시킬 것입니다.

성령의 능력을 힘입으라

성경에서 말씀하는 변화는 심리학자들이 말하는 감정이나 행동수정, 또는 환경을 뛰어넘는 속사람의 근본적인 갱신, 즉 인격이 새로워짐을 말합니다. 유한한 인간의 본질의 변화입니다. 당신의 한계, 의지, 결심을 뛰어넘어 성령의 능력을 힘입어야 합니다. 사도들의 행전에 나타나는 능력과 역동성들은 성령님의 도우심 없이는 불가능한 일들이었습니다.

성경주석가 윌리엄 헨드릭슨(William Hendricksen)은 "마음을 새롭게 함으로 변화를 받으라.(Be transformed by the renewing of your mind)"는 말씀을 명확하게 해석합니다.

첫째, 현재 시제. 변화는 계속되어야 합니다. 단회적 사건으로 멈추지 않고 발전적으로 계속되어야 합니다. 사도 바울이 끊임없이 변화를 시도했기에 "날마다 새롭다."라고 고백할 수 있었고, 다윗도 "늘 변화를 추구했기에 아침마다 새롭더라."고 고백할 수 있었습니다. 이 동일한 축복을 누리도록 하나님은 우리를 부르고 계십니다. 이런 변화가 일어난다면, 먼저 누가 알겠습니까? 나 자신입니다. 날마다 달라짐을 알게 됩니다.

둘째, 명령형. 변화는 선택 사항이 아니라 반드시 받아야만 합니다.

셋째, 수동태. 변화하라 하지 않고 변화를 받으라(Be transformed)고 강조합니다. 근본적인 변화의 방법은 오직 성령의 능력으로만 가능하기 때문입니다.

그래서 성경은 성령의 능력을 받도록 기도하라고 말씀하고 있습니다. 성령의 능력을 힘입는 방법은 간단합니다. 기도입니다. 기도하면 지겹도록 나를 괴롭혀온 자아와의 싸움에서 승리할 수 있습니다. 더럽혀진 자아를 깨뜨리며 극복할 수 있습니다. 내 기대의 한계를 뛰어넘을 수 있습니다.

내가 타고난 성격상의 약점을 극복하는 놀라운 능력이 내 속에서 일어날 것입니다. 이로 인해 바울이나 다윗처럼 날마다 새로워질 수 있고, 아침마다 새로워지는 은혜 속에 살게 됩니다.

한국교회 부흥 100주년을 맞고 있는 이 시점에서 새롭고 근본적인 변화의 단계로 나아가야 합니다. 부흥이 가져오는 현상은 변화입니다. 한국교회 역사를 살펴보면 부흥이 일어났을 때 변화가 나타났습니다. 술주정꾼은 술을 끊고, 도박꾼들은 도박을 정리했습니다. 첩을 얻어 살던 자들은 옛 생활을 회개하는 변화가 일어났습니다. 갖가지 악행을 일삼던 사람들이 전도자가 되고 목사가 되었습니다. 이 얼마나 아름답고 기쁜 일이며 사회에 유익한 일입니까!

부흥은 필수적으로 변화를 가져옵니다. 기독교 역사상 부흥운동 이후에는 반드시 개인과 사회가 혁신적으로 변화되었습니다. 그래서 한국교회의 Again 1907, 즉 부흥 100주년 주제가 '부흥을 넘어 변화로!' 입니다.

한국교회와 크리스천들이 사는 길은 오직 근본적인 심령의 변화뿐입니다. 우리가 마음을 새롭게 하여 성령의 능력을 힘입어 새로운 사람으로 변화되는 만큼 이 민족 이 나라가 변화될 것입니다. 근본적 변화를 받을수록 민족과 사회도 아름다운 방향으로 발전되고 성숙되어질 것입니다.

새로운 변화를 고민했던 소박했던 한 사람의 아름다운 모습을 그린, 박노해 씨의 시 한 편을 소개합니다.

오늘은 다르게

세상의 모든 것은 어제 그대로인데
오늘은 그 모든 것이 다르게 보인다.

꽃도 같은 꽃이 아니다
사람도 같은 사람이 아니다
세계의 끝 간 데까지 한 바퀴 돌아온 자리
무너질 것 무너지고 깨어질 것 다 깨어져
처음처럼 허허로이 일어서는 사람

다시 처음이다.

오늘 또 시작하겠습니다.
오늘은 다르게 하겠습니다.

어제 함께 했던 사람들을
오늘은 새롭게 대하고
어제했던 그 일을
오늘은 다르게 하겠습니다.

다시 새벽에 길을 떠납니다.

나는 이 시의 마지막에 "새로운 변화를 향하여"라고 덧붙이고 싶습니다. 오늘 어떻게 새롭게 시작할 수 있을까요? 당신의 변화의 모습을 그려 보십시오. 거룩한 상상력을 발휘해 변화의 은총을 갈망하십시오. 성령님의 도우심을 구하십시오.

날마다 변화를 꿈꾸며 살아가는 진보가 있기를 축복합니다.

2. 변화의 의지

⁝

『¹예수께서 여리고에 들어가 지나가고 계셨다. ²삭개오라고 하는 사람이 거기에 있었다. 그는 세관장이고, 부자였다. ³삭개오는 예수가 어떤 사람인지를 보려고 애썼으나, 무리에게 가려서 예수를 볼 수 없었다. 그가 키가 작기 때문이었다. ⁴그래서 그는 예수를 보려고 앞서 달려가서 뽕나무에 올라갔다. 예수께서 거기를 지나가실 것이기 때문이었다. ⁵예수께서 그 곳에 이르러서 쳐다보시고 그에게 말씀하셨다. "삭개오야, 어서 내려오너라. 오늘은 내가 네 집에서 묵어야 하겠다." ⁶그러자 삭개오는 얼른 내려와서 기뻐하면서 예수를 모셔 들였다. ⁷그런데 사람들이 이것을 보고서 모두 수군거리며 말하였다. "그가 죄인의 집에 묵으려고 들어갔다." ⁸삭개오가 일어서서 주님께 말하였다. "주님, 보십시오. 내 소유의 절반을 가난한 사람들에게 주겠습니다. 또 내가 누구에게서 강제로 빼앗은 것이 있으면, 네 배로 하여 갚아 주겠습니다." ⁹예수께서 그에게 말씀하셨다. "오늘 구원이 이 집에 이르렀다. 이 사람도 아브라함의 자손이다. ¹⁰인자는 잃은 것을 찾아 구원하러 왔다."』(표준번역, 눅 19:1~10)

변화의 의지

배 한 척이 칠흑같이 캄캄한 어둠을 헤치며 항해하고 있었습니다. 갑자기 선장의 눈앞에 밝은 불빛이 나타났습니다. 곧바로 가면 그 불빛과 충돌할 상황이었습니다. 선장은 급히 무전실로 달려가 상대편 선박에게 항로를 동쪽으로 10도 틀라는 긴급 메시지를 보냈습니다. 몇 초 후에 메시지가 왔습니다.

"그럴 수 없소. 당신들이 항로를 서쪽으로 10도 트시오."

화가 난 선장은 다시 메시지를 보냈습니다.

"나는 해군 함장이다. 그러니 당신이 항로를 변경하라."

"저는 이등 수병이지만 방향을 바꿀 수는 없습니다. 함장님이 항로를 변경하십시오."

함장은 화가 머리꼭대기까지 솟아 최후통첩을 보냈습

니다.

"이 배는 전함이야! 우리는 항로를 바꿀 수 없어!"

그러자 퉁명스러운 메시지가 왔습니다.

"그럼 마음대로 하십시오. 여기는 등대입니다."

변화의 주체는 나 자신이어야 합니다. 상대방이 아니라 내가 먼저 바뀌어야 합니다. 세상살이의 이치도 이와 같습니다. 간단한 말이지만 평생을 두고 시도해야 할 과제입니다. 제임스 디 멜로(James de Melo)는 자신의 경험을 바탕으로 이렇게 말합니다.

"20대에는 기도하기를 '주여 이 세상을 뒤집어엎고 변화시킬 수 있는 힘을 주소서' 하고 기도합니다. 30대가 되면 '주여 내가 만나는 사람들을 변화시킬 수 있는 영향력을 주소서' 하고 기도합니다. 40대가 되면 '주여 내 가족을 변화시킬 수 있는 힘을 주소서' 하고 기도합니다. 그러다가 50대가 되면 '주여 나 자신을 변화시킬 수 있는 힘을 주소서' 하고 기도하게 됩니다."

그러면 우리가 어떻게 하면 본질적이고 근본적인 변화가 가능할까요?

일시적인 방해를 극복하라

삭개오는 예수님을 꼭 만나보고 싶었습니다. 그런데 키가 너무 작아 군중들 틈 사이로 예수님을 볼 수가 없었습니다. 예수님을 만나 새로운 변화를 받고 싶어 갈망하는 마음으로 예수님을 찾아왔지만 처음부터 장애물에 부딪친 것입니다.

이처럼 우리는 좋은 의도와 목적으로 추진하는 일에 뜻밖의 방해를 받을 수 있습니다. 이런 뜻밖의 상황에 어떻게 대처해야 할까요?

"장애물을 뚫고 가기 어려우면 넘어가라."는 속담이 있습니다. 그래서 삭개오는 예수님이 통과하시는 길을 앞서 달려가 돌 무화과나무 위로 올라갔습니다. 그렇게 하므로 그는 방해를 극복할 수 있었습니다.

근본적으로 변화받기 위해서 일시적인 방해물들을 극복하면 본질적인 변화가 일어납니다. 안타깝게도 변화의 방해물은 가까운 친구나 가족일 수 있습니다. 이제까지 즐겨오던 어떤 기호나 습관일 수도 있고, 직장환경이나 문화적 상황이 변화의 일시적 방해물일 수도 있습니다. 그러므로 삭개오처럼 능동적인 자세가 필요합니다. 장애물을 뚫고 가기

어려우면 넘어가야 합니다. 일시적 방해를 빠르게 극복하는
만큼 당신은 멋진 승리자가 될 수 있습니다.

상당한 대가를 치러라

만약 변화가 당신에게 대가를 요구하지 않는다면, 그것은
진정한 변화가 아닙니다. 현대인들은 건강에 지대한 관심과
함께 노력을 기울입니다. 체중조절을 위해 다이어트를 하려
면 먹고 싶은 충동과 욕구를 혹독하게 억제해야 합니다. 살
을 빼기 위해서는 뼈를 깎는 듯한 대가를 치러야 합니다.

리더십의 권위자 존 맥스웰(John Maxwell)이 심장질환
으로 병원에 갔을 때 의사는 그에게 "살고 싶다면 심각하게
체중을 줄이고 다이어트에 신경을 써야 합니다."라고 충고
했습니다. 그는 초콜릿과 땅콩버터를 끔찍하게 좋아하기 때
문에 이러한 것들을 포기한다는 것은 보통 일이 아니었습니
다. 엄청난 인내와 자기싸움을 요구하는 것이었습니다. 하
지만 그는 대가를 치르기로 결심했습니다. 그것은 가치 있
는 일이었기 때문입니다.

프랑스 소설가 앙드레 지드(Andre Gide)는 "아주 오랫

동안 해변을 볼 수 없는 힘든 일에 자발적으로 헌신하지 않고는 새로운 대륙을 발견할 수 없다."라고 말했습니다. 이처럼 새로운 변화는 상당한 대가를 치러야 이루어집니다.

삭개오는 자신의 근본적 변화를 위해 그 어떤 대가도 기꺼이 치렀습니다. 삭개오는 잘나가는 사람이었습니다. 당시 팔레스타인의 국제무역도시요 금융도시였던 여리고(Jericho)의 세관장이었습니다. 그야말로 돈방석의 자리입니다. 그런데도 그는 예수님을 만나 새로운 삶으로 변화 받고자 모든 대가를 감수하기로 결심합니다. 사회적 신분의식과 자존심을 버리고 돌 무화과나무에 올라갈 만큼 근본적 변화를 목말라했습니다. 이처럼 우리도 새롭게 변화 받으려면 어떤 대가도 기꺼이 치러야 합니다.

익숙해져 있는 것을 끊으라

여리고에 있었던 예수님의 주변에는 수많은 인파와 군중이 몰려있었습니다. 더구나 삭개오는 키가 작아 예수님께 가까이 접근할 수도 없었습니다. 이런 상황에서 삭개오는 "할 수 없군. 이번에는 포기하고, 다음에 또 기회가 있겠지"

라며 물러서지 않았습니다.

그날 군중들과 삭개오의 근본적인 차이점은 무엇이었을까요? 군중들은 예수님을 일시적으로 따르는 팬클럽 정도의 사람들입니다. 그냥 기이한 일을 행하신다는 예수님을 구경하러 온 사람들입니다. 그런데 삭개오는 예수님을 만나 인간의 본질적인 변화를 받고 싶어 했습니다. 그는 변화에 대해 배고파하고 목말라 했습니다. 그래서 그는 군중들로부터 떨어져 나와 앞서 달려갔고, 돌 무화과나무 위로 올라갔던 것입니다. 한마디로 그는 그동안 익숙하게 누려오던 삶에서 탈출한 것입니다.

인간이 근본적으로 변화하기 위해서는 일상으로부터의 탈출(exodus)이 필요합니다. 익숙한 습관이나 생활방식으로부터 '출애굽' 해야 합니다. 변화는 익숙한 것으로부터의 단절이고 도약입니다. 내 삶의 구습과 악습을 과감히 단절할 때 새로운 수준의 세계로 도약하게 될 것입니다.

신라의 김유신은 젊은 시절 노름과 향락에 빠져 살았습니다. 아픈 가슴으로 지켜보시던 어머니가 아들 김유신에게 진지하게 충고했습니다. 김유신은 어머니의 훈계를 따라 다시는 기방에 드나들지 않기로 굳게 결심했습니다.

그러던 어느 날, 말을 타고 집에 돌아오다가 말 위에서 졸았습니다. 한참 졸다가 깜짝 놀라 눈을 떠보니 기생집에 드나드는 것이 익숙했던 말이 김유신을 다시 기방으로 데려온 것입니다. 그 순간 김유신은 옛 생활로부터 출애굽하고자 그 좋은 준마를 단칼에 베어 자신의 근본적 변화를 시도하므로 위대한 인생의 승리자가 되었습니다.

성경에서는 이것을 '회개'라고 합니다. 근본적 변화를 받기 위해서는 과감하고 단호한 회개가 필요합니다. 달라지기 위해서, 일상의 그릇된 습관을 바꾸기 위해서 당신은 '회개'의 자리에 들어가고 있습니까?

삭개오는 세관장으로서의 자존심을 버리고 돌 무화과나무에 올라갔습니다. 이후 예수님께 인정받고 예수님을 구주로 영접한 후에는 그동안 애써서 모은 재산을 과감하게 정리했습니다. 왜냐하면 예수님을 만나 그의 인생 고백이 달라졌기 때문입니다. 예수님을 주님이라고 부릅니다. 지금까지는 돈이 주인이었습니다. 그런데 이제는 예수님을 인생의 주님이라고 고백합니다.

그리고 나서 그는 일상생활의 과감한 변화를 선언합니다. 누가 지시하거나 강요한 것도 아닌데, 자기 재산의 절반을 가난한 사람들에게 나눠주고 또 어떤 사람한테서 강제로 빼앗은 것이 있으면 네 배로 보상하겠다고 스스로 선언합니다. 완전한 회개입니다.

삭개오의 이런 변화는 그 당시의 배상법과 비교해 볼 때 획기적인 것입니다. 유대인들의 배상법은 포악한 절도범이 네 배를 갚았고, 로마법은 두 배로 갚으면 되었습니다. 그런데 삭개오는 네 배로 배상하겠다는 것입니다. 상상을 초월한 코페르니쿠스적인 변화입니다.

예수님을 주님으로 모시면 인간 내면의, 심령의 혁명적 변화가 일어납니다. 이것이 A.D.인생입니다. 주님 이후의 인생을 살아갑니다. 그리스도인은 단기 4340년이 아니라 주후 2007년, 주님을 영접한 후 개인적으로 주후 10년, 20년인 것입니다.

당신은 예수님을 영접한 후에 어떤 변화를 이루어 가고 있습니까? 무엇이 근본적으로 달라진 것 같습니까? 어떤 습성과 삶의 패턴이 달라졌습니까? 무엇, 무엇을 끊었습니까? 당신이 분명하게 말할 수 있는 확실한 변화는 무엇입니까? 가치관이나 세계관, 인생관에 어떤 변화가 나타나고 있습니까? 직장생활이 어떻게 달라졌습니까? 회식 문화에 어떻게 적응하고 있습니까? 사업하면서 자금운영이나 경영방식을 어떻게 변화시키고 있습니까? 장부정리와 사업의 수주를 따내는 방식에 어떤 변화가 있습니까? 가정생활에서 부부 사이와 자녀관계에 어떤 변화와 성숙이 있습니까?

예수님을 주님으로 모시고 사는 사람에게는 코페르니쿠스적인 변화가 이루어져야 합니다. 말씀 가운데 변화 받아 본질적 변화를 시도해 보십시오. 변화는 실천이며 그것이 살 길입니다.

오늘 지금부터 시작하라

출애굽기를 보면 모세가 이스라엘 민족을 데리고 나오기에 앞서 이집트의 바로 왕과 결전을 벌입니다. 바로 왕이 즉시 말을 듣지 않자 열 가지 재앙으로 담판을 하게 됩니다(출 8장).

여기서 재미있는 사건은 두 번째 재앙인 개구리 소동입니다. 모세가 기적을 일으켜서 개구리 떼로 이집트의 나일강과 온 도시를 뒤덮게 합니다. 그러자 바로는 모세를 불러들여 하나님께 기도하여 개구리 재앙을 멈춰 주도록 부탁합니다.

그때 모세가 바로에게 묻습니다. "제가 언제쯤 개구리 재앙이 멈추도록 기도하면 좋겠습니까?" 바로는 얕은 생각을 드러내며 "내일이다"라고 말합니다. 오늘이 아닌 내일이라고 대답하는 것입니다. 그렇게 말한 이유가 무엇일까요? 오늘 결정을 재고하며 보류하고 싶었던 것입니다. 오늘의 결단을 내일로 지연시켜 자신의 권력을 유지시켜 보려는 속셈이었습니다.

어떤 설교자는 이 내용으로 '개구리와 함께 하룻밤을 더(One more Night with the frogs)'라는 제목으로 설교를 했습니다. 이것이 바로 왕의 불행입니다. 지금 당신도 이처럼 변화를 뒤로 미루고 있지 않습니까?

어쩌면 우리의 모습을 반영하는 모델케이스라고 할 수 있습니다. 우리는 당장 변화를 시작해야 하는데 자꾸만 내일로 미룹니다. 그래서 진정한 변화가 이루어지지 않는 것입니다. 변화는 내일이 아닌 바로 오늘 해야 합니다.

예수님은 삭개오가 변화를 시작하는 그 즉시 놀라운 축복을 하셨습니다. "오늘 구원이 이 집에 이르렀다." 여기서 예수님은 오늘(Today)을 두 번이나 강조하셨습니다. 그만큼 오늘이 중요합니다. 오늘 예수님을 영접하고, 오늘 구원받아야 합니다.

삭개오는 변화를 목말라 했습니다. 내면 깊은 곳에서 변화를 갈망하고 배고파했습니다. 그래서 예수님을 만나고자 애써 왔습니다. 이번에는 반드시 변화 받고 싶어서 예수님이 통과하신 길을 앞서서 달려가 돌 무화과나무 위로 올라갔습니다. 그리고는 예수님이 자기를 만나 주시자마자 옛 생활을 과감하게 정리하고 청산했습니다. 그만큼 새로운 변화와 삶을 염원하고 목말라 했던 것입니다. 그는 변화를 향해 굶주린 영혼을 지녔습니다.

이 삭개오의 심정을 '거룩한 갈망(divine desire)'이라 표현하고 싶습니다. 근본적인 새로운 변화를 향한 거룩한 갈망을 가슴에 품고 살아가십시오. 변화를 향한 거룩한 갈망을 품기만 하면 주님은 뜻밖의 순간에 찾아오셔서 축복해 주십니다. 내가 미루고 보류하기에 변화될 듯 하다가 다시 원점으로 돌아오는 악순환이 계속되는 것입니다. 악순환의 고리를 예수 그리스도의 이름으로 끊으십시오. 갈망하는 자에게 찾아오시는 주님을 신뢰하십시오.

변화란 내일이 아닌 오늘임을 다시 한 번 명심하십시오.
삭개오처럼 아름다운 변화의 의지를 갖고 새로운 세계의 삶
으로 나아가십시오.

3. 변화되는 만큼 행복합니다

『 39여자의 말이 내가 행한 모든 것을 그가 내게 말하였다 증언하므로 그 동네 중에
많은 사마리아인이 예수를 믿은지라. 40사마리아인들이 예수께 와서 자기들과 함께 유하
시기를 청하니 거기서 이틀을 유하시매 41예수의 말씀으로 말미암아 믿는 자가 더욱 많아
42그 여자에게 말하되 이제 우리가 믿는 것은 네 말로 인함이 아니니 이는 우리가 친히 듣
고 그가 참으로 세상의 구주신 줄 앎이라 하였더라.』(개역개정, 요 4:39~42)

변화되는 만큼 행복합니다

한 동안 유행한 세속 유머 가운데 '어느 날 변한 여자' 라는 유머가 있습니다. 이 유머에 맞는 인물은 사마리아 수가성 여인일 것 같습니다.

어느 날 변한 여자

여우같은 여자에서 여유 있는 여자로,
화난 여자에서 환한 여자로,
따지는 여자에서 따뜻한 여자로,
착각하는 여자에서 자각하는 여자로,
색기 있는 여자에서 색깔 있는 여자로,

밝히는 여자에서 밝은 여자로,

남들에게 애 먹이는 여자에서 남들 때문에 애 태우는 여자로,

답답한 여자에서 답을 아는 여자로,

빚이 많던 여자에서 빛을 발하는 여자로….

얼마나 멋진 변화입니까? 변화는 이처럼 행복한 것입니다. 사람이 제대로 변화 받으면 행복의 질이 달라집니다. 힘들고 어려운 일을 성취한 후에 느낄 수 있는 흐뭇한 행복처럼 변화되는 만큼 행복하게 됩니다.

사마리아 수가성 여인은 복잡한 인생을 살고 있었습니다. 그녀에게는 몇 가지 불행한 운명이 전제하고 있었습니다. 그녀는 유태인들에게 인정을 받지 못하는 사마리아 사람이었습니다. 길가 구덩이에 사마리아 사람과 개가 빠져 있으면, 개만 건져 주고 사마리아 사람은 그대로 두고 갈 정도로 인간 대접을 못 받는 자들이었습니다. B.C. 722년, 이스라엘 나라가 아시리아에 패망한 후 민족의 정체성을 포기하고 이방 나라들과 결혼한 혼혈족이 되어 사람 취급을 못 받았습니다. 또한 결혼생활을 거듭 실패한 불운한 여인이었습니

다. 그는 결혼파탄을 다섯 번째 반복하고 있었고, 이번 결혼도 여전히 불안한 상태에 있었습니다.

이러한 많은 불행 속에 살다가 우물가에서 예수님을 만나 놀라운 변화를 받게 됩니다. 이 여인은 운명이 놀랍게 바뀝니다. 이 변화에서 여인은 다섯 가지 C를 체험합니다.

Confession(19절) : 자기가 잘못 되었음을 공공연하게 자인하고 고백합니다(29, 39절).

Conversion(26절) : 예수님을 만나 거듭남을 체험합니다.

Change(28절 상) : 옛 생활을 깨끗이 청산하고 새롭게 변화를 받았습니다.

Concern(28절 하) : 자기처럼 불행과 상처 속에 사는 사람들을 가슴 깊이 생각하여 찾아갑니다.

Come(29-30절) : 많은 사람들을 예수님께로 데려오는 변화의 주도자가 됩니다.

엄청난 놀라운 변화입니다. 행복한 변화입니다. 너무나 행복한 변화를 체험했기에 자신의 치부를 아랑곳하지 않고,

동네 사람들을 찾아가 변화와 행복의 주인공이신 예수님을 선전하였습니다.

이와 같이 우리도 변화하기 위해서는 다음의 질문들이 필요합니다. "바뀌어야 할 것이 무엇입니까?" "버려야 할 것이 무엇입니까?" "그리고 대체되는 것이 무엇입니까? 즉, 새로워지는 것이 무엇입니까?"

우리가 변화를 시도하면 반드시 새롭게 대체되는 행복이 찾아옵니다.

죄책감에서의 해방

변화는 피해의식에서 해방시켜 줍니다. 일반적으로 사람들은 새로운 변화를 시도하다가 실패하면 패배의식과 함께 체념상태에 빠집니다. 예를 들면, 다이어트에 실패하면 자학적인 거식증에 빠지기도 합니다. 스스로를 학대하게 됩니다. 자신의 나쁜 습관이나 안 좋은 기질을 바꾸려다가 실패하면 자괴감이나 패배의식, 죄책감에 빠집니다. 그래서 그 내면에 죄책감이란 쓴 뿌리를 내리게 됩니다.

사마리아 수가성 여인은 이런 죄책감 때문에 동네 사람들을 피하여 아무도 없는 땡볕 정오에 물 길러 나왔던 것입니다. 그녀에게 마음을 열고 대화할 수 있는 사람도 없었습니다. 우리의 옛 농경사회를 보면, 여인들은 냇가 빨래터에서 빨래방망이를 두드리며 남편과 시어머니에게 쌓였던 것을 풀기도 했습니다. 그러나 오늘날 40세 이하의 여성들이 우울증에 시달리는 것은 전자동 세탁기 때문에 속 풀 곳과 나눌 사람이 없기 때문일 것입니다.

수가성 여인은 아무도 없는 시간을 택해 다녀야 했습니다. 그 마음이 얼마나 우울하고 외로웠겠습니까?

이 우울하고 외로운 마음은 죄책감 때문입니다. 죄책감은 여러 면에서 사람을 해롭게 하고, 자신감을 잃게 합니다. 자기의 실체를 누군가 알게 되는 것을 좋아하지 않습니다. 그래서 주변의 시선과 평판에 예민하고 불안해합니다. 늘 먹구름 인생을 살게 합니다.

또한 죄책감은 관계를 깨뜨립니다. 죄책감 때문에 사람들에게 잘못된 방식으로 대응하며 잘 참지 못하게 됩니다. 때로는 과민반응을 보이며 뜻밖의 화를 폭발시킵니다. 그래서 관계가 자주 깨지게 됩니다. 또 쓴 뿌리가 있는 사람은 어떤 사람과 어느 정도 가까워지고 나면 더 이상 가까워지기를 기피합니다. 자기가 드러나는 것을 두려워합니다. 도피적 인생을 살아가는 것입니다.

그리고 죄책감은 인생을 역행하여 살게 합니다. 특히 죄책감이 많을수록 자동차의 사이드미러를 보며 운전하는 것과 같습니다. 운전은 앞을 보고 가야하는데 계속 사이드미러만 본다면 결국 충돌을 피할 수 없게 됩니다. 이처럼 죄책감에 얽매인 사람일수록 사람들과 자주 충돌을 합니다.

그래서 수가성 여인도 우물가에서 물을 청하는 예수님과 잠시 대화를 나누면서 마치 싸우려는 듯이 날카로운 반응을 보였던 것입니다. "왜 유태인 남자가 사마리아 여자에게 말을 거느냐!" "유태인들은 어찌하여 예루살렘 성전에서의 예배만 참 예배로 고집하느냐!" 이렇듯 피해의식과 죄책감이 심한 사람일수록 지극히 방어적이면서도 공격적인 성향을 보입니다. 그것은 마음에 상처가 있기 때문입니다.

이런 여인이 예수님을 만나 변화를 받아 그동안 그의 영혼을 억눌렀던 죄책감으로부터 완전히 해방되었습니다. 죄 사함의 날개를 달고 자유함의 행복으로 비상하게 된 것입니다.

예수님은 우리를 과거의 억압에서 해방시켜주러 오셨습니다. 자유하게 하러 오셨습니다. 이것이 참으로 죄 사함의 은총입니다. 과거의 실패와 죄책감으로부터 완전히 해방되는 은혜와 기쁨을 맛보십시오.

"과거는 하나님의 긍휼에, 현재는 하나님의 사랑에, 미래는 하나님의 섭리에 맡겨라" 는 말이 있습니다. 특히 과거의 실수와 과오를 깨닫고 변화 받기만 하면, 주님은 지난날의 모든 잘못에 대해서 긍휼의 은혜로 깨끗이 씻어주십니다. 지난 과오는 내가 어쩔 수 없으나 수가성 여인처럼 주님은 당신의 죄를 깨끗케 해주십니다. 당신이 패배의식이나 죄책감에서 해방되지 못하고 변화 받지 못하면, 과거 지향적으로 살아갈 수밖에 없습니다. 그러나 해방되면 미래 지향적으로 살아가게 될 것입니다.

치유와 승리의 기쁨

앞서 보았듯이 수가성 여인은 예수님을 만나 변화 받기까지 많은 상처와 실패의 불행 속에서 허우적거리고 있었습니다. 그녀의 내심에는 진심으로 '이렇게 살아서는 안 되지' 라는 절규가 있었을 것입니다. 그러다가 자신의 잘못을 적나라하고 정확하게 진단해 주고, 치유와 회복을 처방해 주신 예수님을 만난 것입니다. 예수님을 만나서는 처음에는 덤벼들며 비난 투로 대했지만, 예수님으로부터 참된 자유를 얻고 상한 마음이 회복되었을 때는 예수님을 메시아라고 고백하였습니다. "당신은 메시아이십니다." 이 고백은 예수님은 인생의 모든 해답을 갖고 계신 분이라는 깨달음이요, 감격적 선언입니다.

이처럼 예수님을 만나 변화 받는 만큼 놀라운 해답을 얻게 됩니다. 새로운 길이 열립니다. 예수님은 당신의 실패와 상처의 아픔을 치유와 승리의 기쁨으로 전환시켜 주실 것입니다. 우리는 실패와 상처의 아픔 속에서 희생자로 살아서는 안 됩니다. 오히려 실패와 좌절을 극복하는 승리자로 살아야 합니다.

'You are not Victim, but Victor.'라는 말이 있습니다. 우리는 실패의 피해자가 아니라 은혜의 수혜자라는 말입니다. 우리는 예수 그리스도로 상처 받은 패배자가 아니라 변화 받은 승리자가 될 수 있습니다.

10여 년 전부터 전 세계에 화제가 된 책『가계에 흐르는 저주』라는 책이 있습니다. 그 내용은 부모나 조상의 잘못된 불운이 가문 대대로 맥을 이어간다는 운명론적 이론입니다. 그 말은 맞는 것처럼 보이지만 본질은 틀린 말입니다. 부모에게 문제가 있다하여 자녀에게 그 문제가 운명론적으로 유전되는 것은 아닙니다. 의학적으로는 옳을 수 있어도 신학적으로는 맞지 않습니다. 어떤 체질적인 질병이나 암의 유전적 요인이 영향을 줄 수는 있으나 얼마든지 기질과 체질을 향상시킬 수 있습니다.

그것은 유전성보다 신앙의 힘이 더 크기 때문입니다. 그 문제에 영향은 받을 수 있으나 지배는 받지 않고 살아갈 수 있습니다. 과거의 영향을 받을 수는 있으나 과거의 지배를 받을 필요는 없다는 것입니다. 그러므로 모든 불행과 불운을 당신의 당대에서 끊을 수 있습니다.

예수 그리스도 안에 있는 성도들은 과거로부터 완전히 해방된 사람들입니다. 예수님이 영적으로 새로운 혈통을 만들어 주셨기 때문입니다. 그러므로 내게 없는 것을 생각하지 말고 하나님께서 주실 것을 생각하십시오. 안된다고 생각하는 대신 될 수 있다고 생각하십시오. 내게 불가능한 것을 집

착하지 말고 하나님께는 모든 것이 가능하다는 사실에 초점을 맞추십시오. 내 남편은 결코 바뀔 수 없다는 부정적 관념에서 벗어나 남편도 예수님을 만나기만 하면 얼마든지 혁명적 변화가 일어날 수 있다는 긍정적 사고를 가지십시오. 회의적으로 생각하지 말고 낙천적으로 생각하십시오. 예수 그리스도 안에서는 어떤 변화도 이루어낼 수 있습니다. 얼마든지 가능합니다.

이따금 꿀벌이 나는 것을 보면 신기합니다. 물리학적으로나 공기역학적 이론으로 볼 때 꿀벌은 날개에 비해 몸집이 너무 커서 날 수 없다고 합니다. 그런데도 꿀벌은 수만 킬로미터를 가벼이 날아다닙니다. 이 신비로운 비행이 어떻게 가능할까요? 하나님이 날 수 있도록 창조하셨기 때문입니다. 창조주 우리 하나님은 불가능을 가능케 하십니다. 따라서 모든 어려움과 여러 고통이 엄습한다고 할지라도 하나님의 능력으로 얼마든지 치유되고 회복될 수 있습니다. 지금보다 더 높은 수준으로 변화될 수 있습니다. 극복하지 못할 고질적 운명은 없습니다. 근본적인 변화는 얼마든지 가능합니다.

나쁜 습관, 안 좋은 기질, 잘못된 성격도 넉넉히 변화될 수 있습니다. 지금 가지고 있는 문제의 크기보다 하나님 능력의 크기에 초점을 맞추면 수년간 얽매였던 문제에서 벗어나 승리의 삶을 살 수 있습니다.

믿는 이들은 예수 그리스도 안에서 날마다 새로워질 수 있습니다. 자신의 약점이나 문제점들로부터 승리하며 새로운 변화의 행복을 누릴 수 있습니다. 그러므로 현재의 모습에 위축되지 말고 새롭게 변화 받은 행복한 모습을 상상하며 미소 지어 보십시오. 믿음대로 이루어질 것입니다.

GE(General Electric)를 세계 최고의 기업으로 부상시킨 잭 웰치(Jack Walch)의 "우리는 상상한 것을 만듭니다." 라는 표어처럼 우리에게는 상상력이 중요합니다. 날마다 새롭게 변화 되어 가는 모습으로의 거룩한 상상을 하며 살아가십시오. 한국 기독교계에도 퍼져나가고 있는 관상 기도에 '거룩한 상상'이라는 말이 있듯이 행복한 변화가 이루어지는 것을 상상해 보십시오. 믿지 않던 배우자가 교회에서 예배드리는 모습을 상상해 보십시오. 자녀들이 은혜를 받고 예수님을 만나는 감격의 상상을 해보십시오. 어머니의 무릎

기도로 하나님을 만났음을 간증하는 자녀의 모습을 상상해 보십시오. 가능합니다. 빌리 그래함(Billy Graham)의 아들 프랭클린이 이러한 과정을 거쳐서 지금은 전 세계 젊은이들을 향해 변화를 외치고 전파하는 주도적인 인생을 살고 있습니다.

사마리아 수가성 여인은 행복한 변화의 주도자로 놀랍게 바뀌었습니다. 사람 만나기를 두려워하였던 그녀가 근본적인 변화를 받자 주변 사람들까지 엄청나게 바꿔 놓았습니다. 온 동네 사람 모두를 변화시켰습니다(요 4:39, 41).

변화되는 만큼 흐뭇한 행복에 이릅니다. 나도 살고, 이웃도 살고, 모두가 함께 행복한 승리자가 될 수 있습니다. 그러기 위해서 날마다 예수님을 만나야합니다. 예수님을 마음에 모셔 들이고 사십시오.

내가 나를 바꾸는 것이 아니라 예수님께서 나를 변화시켜 주십니다. 그분이 나의 마음에 감동을 주시고, 치유해 주시고, 회복시켜 주시며, '넉넉한 승리자'가 되게 하여 주십니다. 내가 아무리 힘써도 되지 않지만 그분의 은혜 가운데 거하면 승리를 누리게 하여 주십니다.

"주, 예수님! 저를 새롭게 변화시켜 주옵소서! 새로워지기 원합니다. 행복한 변화를 원합니다. 성령 하나님, 도와주세요!"

4. 복된 성품으로의 변화

『 49요한이 대답하였다. "선생님, 어떤 사람이 선생님의 이름으로 귀신을 내쫓는 것을 우리가 보았습니다. 그런데 그 사람은 우리를 따르는 사람이 아니므로, 우리는 그가 그런 일을 하지 못하게 막았습니다." 50그러나 예수님께서는 그에게 말씀하셨다. "막지 말아라. 너희를 반대하지 않는 사람은 너희를 지지하는 사람이다." 51예수께서 하늘에 올라가실 날이 다 되었다. 그래서 예수께서는 예루살렘에 가시기로 마음을 굳히시고 52심부름꾼들을 앞서 보내셨다. 그들이 길을 떠나서 예수를 모실 준비를 하려고 사마리아 사람의 한 마을에 들어갔다. 53그러나 그 마을 사람들은 예수가 예루살렘으로 가시는 도중이므로 예수를 맞아들이지 않았다. 54그래서 제자인 야고보와 요한이 이것을 보고 말하였다. "주님, 하늘에서 불이 내려와 그들을 태워 버리라고 우리가 명령하면 어떻겠습니까?" 55예수께서 돌아서서 그들을 꾸짖으셨다. 56그리고 그들은 다른 마을로 갔다.』 (표준번역, 눅 9:49~56)

복된 성품으로의 변화

어느 정원사가 꽃밭의 흙을 보고 "너는 어떻게 그처럼 좋은 향기를 풍기느냐?"고 물었더니, 흙은 "사람들이 나를 장미꽃 옆에 두었기 때문입니다."라고 말했습니다. 사람도 누구와 가까이 지내며, 어떤 사람 옆에 있느냐에 따라 성격 형성에 많은 영향을 받습니다.

사도 요한은 항상 샤론의 장미꽃 되시는 예수님 곁에 있음으로 변화 받은 주인공입니다. 그는 예수님의 이종 사촌동생이고, 아버지는 세베대, 어머니는 살로메입니다. 그리고 야고보의 동생입니다(막 16:1, 마 27:56). 예수님을 제일 먼저 만난 첫 번째 제자이기도 하고, 개별적으로 영접했던 최초의 제자이며 제자들 중에 가장 연소자였습니다(요 1:35~40, 마 4:21~22).

무엇보다도 요한은 예수님을 믿으므로 그의 성격과 인품이 근본적으로 변화 받은 사람입니다. 어떤 면에서는 그의 이름의 뜻에 걸맞은 사람이기도 합니다. 요한이라는 이름은 '여호와께 은혜를 받은 자'라는 뜻입니다. 그는 오직 하나님의 은혜로 인생의 근본적 변화를 받았습니다. 청교도 작가인 나다니엘 호손(Nathaniel Hawthorne)의 작품 '큰 바위 얼굴'의 주인공 어네스트(Ernest)가 마을 앞 산마루에 있는 큰 바위 얼굴을 닮은 위인을 쳐다보며 살다가 자신이 곧 큰 바위 얼굴의 주인공이 된 것처럼 요한도 그랬습니다.

이렇게 요한이라는 이름이 의미 있고 아름답다보니 영어권에서 요한이라는 이름을 가진 사람이 가장 많다고 합니다. 미국의 통계만 보더라도 요한이라는 이름의 사람들이 600만 명이 넘는다고 합니다. Thomas는 300만 명, James는 200만 명, Peter는 30만 명인데, John이라는 이름을 가진 자는 600만 명이 넘는다고 합니다. 서양 남자 15명 중 한 사람이 John(요한)인 셈입니다. 우리나라에도 요한이라는 이름이 많습니다. 김요한, 박요한, 이요한, 서요한, 조요한 등….

북유럽에서는 우리와 발음이 같아서 John을 요한이라고

부릅니다. 요한 세바스찬 바하를 비롯하여 요한 바오로 1
세, 2세가 그렇습니다. 프랑스에서는 '쟝'이라고 부릅니다.
쟝 자크 루소….

스페인어로는 '후안'입니다. 후안 카를로스 1세, 2세 등
요한이라는 이름은 여전히 전 세계에서 가장 사랑받고 있습
니다. 그것은 요한이 그만큼 놀랍게 변화 받은 인물이기 때
문입니다.

우리가 예수를 믿고 받는 은혜 중에 가장 이상적인 은혜
는 '성품의 변화'입니다. 소위 인격갱신의 은혜입니다. 요한
은 예수님을 통하여 성품이 근본적으로 변화되는 거듭남의
복음을 강조하고 있습니다. 그래서 요한복음에서는 사람들
의 변화 이야기를 가장 많이 소개하고 있습니다. 시몬이 베
드로로, 나다나엘이 바돌로매로, 니고데모와 수가성 여인의
혁명적 변화, 즉 맹물이 포도주가 된 것과 같은 본질적 변화
를 구체적으로 나열하고 있습니다. 이 모든 이야기는 요한
자신의 변화를 근거로 투영하고 있는 것입니다.

'성품의 변화' 이것이 거듭남의 본질이고 요한의 자기 간
증의 주제입니다. 그러면 우리는 어떤 성품으로 변화 받으

면 좋을까요?

사나운 성격이 사랑의 성품으로

요한은 성격이 매우 급하고 과격한 다혈질의 사람이었습니다. 별명이 보아너게(Boaneges), 우레의 아들(son of thunder)이었습니다. 성격이 불같고 활화산 같은 성격이었습니다.

어느 날, 요한은 예수님을 모시고 예루살렘으로 올라가기 위해 사마리아 지역을 통과하게 됩니다. 점심때가 가까워지자 어느 주막집에 들어가 요기하고 가려고 몇몇 제자들을 먼저 사마리아의 한 마을로 보냈습니다. 그런데 사마리아인들은 자기 동네로 들어오는 것을 거절했습니다. 그때 요한은 화를 버럭 내며 과격한 반응을 보입니다. "주님, 하늘에서 벼락을 내려 저들을 즉사시켰으면 좋겠습니다."(눅 9:54)

이런 요한이 얼마나 놀랍게 변화되었습니까? '사나운 사람이 사랑의 사람으로' 변화 되었습니다. 이것이 거듭남의 본질입니다.

우리는 예수 믿고 어떤 성품의 변화를 이루고 있습니까?

'사나운 성품이 사랑의 성품으로!' 얼마나 고급한 변화입니까?

'포악한 성품이 포근한 성품으로!' 얼마나 참신한 변화입니까?

'과격한 성품이 온유한 성품으로!' 얼마나 숭고한 변화입니까?

요한은 사납고 과격했던 성품이 가장 숭고한 변화로 '사랑의 사도'가 되었습니다. 요한서신에는 '사랑'을 100번 이상 강조합니다. 요한의 심령의 변화로 그의 입에는 '사랑'이 그치지 않았습니다. 후에 사랑의 성품으로 바뀌어 요한만이 열두 제자 중에 살아남았을 때 후임자와의 갈등 가운데서 '서로 사랑하자'면서 오직 사랑만이 유일한 방법임을 제시했습니다.

또한 요한은 요한복음 3장 16절을 근거로 "하나님의 영원무궁한 사랑, 예수님의 희생적 사랑, 형제들 간의 친밀한 사랑"(요 3:16)을 피력합니다. 자기 자신이 사랑의 심령으로 변화 받았기 때문입니다. 크리스천은 이런 사랑의 심성

으로 모든 문제를 극복할 수 있는 변화와 성화를 이루어야
합니다. 무한경쟁의 현대사회에서는 실력과 능력, 업적도
중요하지만 사랑의 성품이 더 중요합니다.

편협한 성격이 관대한 성품으로

어느 날, 가버나움이라는 마을에서 전도를 하는데, 이미
그 동네에는 어떤 낯선 전도자가 귀신들린 자를 고쳐주고
있었습니다(눅 9:49, 막 69장). 이 광경을 본 요한은 그를
불러서 더 이상 전도를 못하게 하였습니다. 그 이유는 한 가
지였습니다. 자신들의 그룹이 아니라는 편협한 생각 때문이
었습니다. 우리 편이 아니라는 좁은 마음 때문에 다른 팀의
활동을 가로막았던 것입니다(막 9:38~40). 이처럼 요한은
외골수 성격이어서 매우 날카로운 원칙론 자였습니다. 자기
와 다르면 틀리다고 생각하는 편협한 성격을 가지고 있었습
니다.

지금도 과격한 원리주의자들 때문에 세계 도처에서 갖가
지 충돌과 전쟁이 일어나고 있습니다. 이슬람 시아파는 대
표적 원리주의자들입니다. 미국의 부시행정부도 근본주의

자들로 구성되어 있습니다. 그래서 자신들과 다르면 부시고 때립니다. 다름을 용납하지 않습니다. 우리나라 대통령도 배타적인 분리주의를 표방하기에 양극화 현상을 초래하고 있는 것입니다.

이처럼 원칙주의자일수록 속이 좁고 편파적입니다. 나와 다른 것을 용납하지 않습니다. 누구를 위한 원칙인가요? 대개는 자기를 위한 것입니다. 공익을 위한 원리가 아닌 나의 이익을 위한 원칙론자인 경우가 많습니다. 그래서 때로는 편협한 성격 때문에 다른 사람들이 잘하는 일까지 방해를 놓을 수 있는 것입니다. 이런 면에서 우리가 예수 믿는다는 이유로 오히려 옹졸해질 수가 있음을 간과해서는 안 됩니다. 믿지 않는 사람들보다 더 편협해질 수가 있습니다. 소위 '쩨쩨한 크리스천'이 될 수 있는 것입니다.

요한도 처음에는 편파적 성품이 강했으나 예수님과 가까이 지낼수록 예수님의 넓은 가슴을 품는 행복한 변화를 가질 수 있었습니다. 그가 보아왔던 예수님은 모든 것을 다 받아들이고 완전히 수용하시는 분이었습니다. 사마리아 수가성 여인을 보호해 주시며, 간음하다가 현장에서 잡힌 여인에게 "나도 너를 정죄하지 아니하노니, 이제부터 다시는 죄를 짓지 말라."(요 8:11)고 하셨습니다. 이런 예수님 옆에 있으면서 요한은 예수님의 넓은 가슴을 닮아갑니다.

그 후 요한은 "우리 모두가 어떻게 해서든지 하나 됨을 이루어나가자"는 예수님의 메시지를 가장 장엄하게 상기시켜 줍니다(요 17장). 서로 개성이나 취향이 다르더라도 넓은 마음으로 하나 되자고 호소합니다. 이만큼 관대한 성품으로 요한은 성숙한 변화를 이루었습니다.

'관대한 마음'은 21세기 새로운 리더십의 필수요소이기도 합니다(고후 6:13). 예수님의 넓은 가슴으로 누구든지 수용하고, 어떤 말이라도 포용할 수 있는 넓은 가슴을 품을 수 있는 변화의 은총을 구하십시오.

야심찬 성격이 헌신적 성품으로

요한은 예수님과 이종사촌지간입니다. 가까운 친인척이다 보니 자신의 입신양명에 대하여 대단한 야망을 품고 있었습니다. 마가복음 10장 35절을 보면 자기 형 야고보와 함께 예수님께서 예루살렘에 왕궁을 이루시거든 자신들의 최고 권좌를 부탁드리기도 합니다. 그것도 부족하여 자기 어머니까지 동원하여 최고의 좌우 권좌에 앉혀 주기를 예수님께 간청합니다(마 20:20). 요한은 공명심이 아주 높았고 출세욕이 강했습니다. 그는 어려서부터 상당한 야심가였습니다.

혹시 우리도 너무 이기적으로 신앙생활하고 있지는 않습니까? 출세, 진급, 진학, 사업성공, 가게 번영, 자신의 야망 달성을 위해 샤머니즘적으로 또는 불공드리듯 기도하고 있지는 않습니까?

예수님은 지금 인류의 구원을 위해 고통스런 십자가를 지시려고 예루살렘에 들어가고 계신데, 요한은 오로지 자신의 출세에만 혈안이었습니다. 우리도 그럴 수 있습니다. 예수를 잘못 믿으면 안 믿는 사람들보다 더 이기적인 욕심쟁이가 될 수 있습니다. 새벽부터 나와서 복 달라고만 비는 철없고 대책 없는 욕심쟁이가 될 수 있습니다.

이런 요한이 새로운 변화를 받아 가장 헌신적인 인생을 살게 됩니다. 그가 변화를 받기 전에는 편협하고 옹졸하였음으로 사마리아에 날 벼락을 내려달라고 부탁했었습니다. 그러나 나중에는 아무도 가기 싫어하는 사마리아로 전도하러 갑니다(행 8:14).

권좌욕에 매달리던 그가 A.D. 70년 예루살렘이 멸망한 후 소아시아의 소도시 에베소에 내려가 거기서 25년 동안 묵묵히 헌신을 합니다. 그 다음에는 밧모 섬에 유배를 당하면서도 98년까지 초지일관 헌신을 합니다. 그는 특별히 요한복음, 요한서신, 계시록 세 권의 성경을 기록합니다.

요한이 보여주었던 변화와 성숙에는 세 가지 특징이 있습니다.

첫째, 요한은 자신을 전혀 드러내지 않았습니다. 요한은 주연 의식에서 조연 의식으로 바뀐 사람입니다. 특히 그가 성령 충만을 체험한 후로는 철저히 2인자 신분으로 만족했습니다. 사도행전을 자세히 보면 성령 받은 후에는 요한의 이름은 언제나 베드로 다음에 소개됩니다. 어떤 기적을 일으키고, 어떤 위업을 달성해도 자기를 2인자에 놓습니다. 또한 요한은 행복한 성품으로 변화 받은 이후 자기를 내세우는 대신, 다른 사람을 높이 받들어 세워주었습니다.

요한복음에서는 섬김의 원리를 강조합니다. 예수님처럼 높은 자가 낮은 자를, 강한 자가 약한 자를, 있는 자가 없는 자를 섬기자고 제안합니다(요 13장). 한마디로 주연 의식을 버리고 조연 인생을 살자는 것입니다. 배우나 인기 탤런트들 중에 주연은 수명이 짧습니다. 주연일수록 쉽게 사라집니다. 그러나 조연의 수명은 길게 오래갑니다.

이처럼 야심을 깨끗이 버린 요한은 단 한 번도 자기 이름을 직접 소개하지 않습니다. 마태, 마가, 누가는 삼십 번 이상 자기 이름을 소개합니다. 그런데 요한은 자기 이름을 전혀 소개하지 않습니다.

요한은 자기를 꼭 언급할 필요가 있을 때 참 매력적으로 소개합니다. '예수님께서 사랑하시는 사람, 예수님께서 사랑하시는 제자' … 등입니다. 자기는 모난 성격의 편협한 자인데 예수님이 사랑하셔서 제자 삼으신 사랑의 제자로 표현되는 다섯 번이 전부입니다. 한마디로 요한은 빈 마음의 사람으로 바뀌었습니다.

둘째, 요한은 예수님의 영광만을 드러냅니다. 그는 예수님의 신성과 권위, 영광, 존엄을 최대한 부각시킵니다. 요한계시록에서 요한은 예수님만을 최고로 높입니다. 그야말로 'Not I, but Christ' 입니다. "나는 없고, 오직 예수님만 크

게 드러내는 성숙함"이 있는 진정한 변화, 행복한 변화가 요
한에게 있었습니다.

소설가 김성일 장로는 『제국과 천국』이란 저서에서 "요한
은 변화 받기 전에는 자기 야심과 아성을 쌓는 제국주의 인
생을 꿈꾸었으나, 그가 변화 받은 이후로는 천국중심 인생
으로 놀랍게 달라져서 헌신했다."라고 말합니다.

20세기에는 외형이 중요했던 시대였음에 비하여 21세기
는 근본문제를 중시하는 시대입니다. 존 실러(John B.
Schiller)는 "사람들은 헌신하지 않는 지도자를 따르지 않는
다. 헌신하지 않는 사람은 최소한의 영향밖에 주지 못한다."
라고 말하고, 존 맥스웰(John Maxwell)도 "당신이 다른 사
람들과 다르려면, 당신의 마음속에 진정한 헌신이 있어야
한다."라고 말합니다.

세계는 야심가에 의해서 움직여지는 것이 아니라 헌신하
는 사람에 의하여 영향을 받습니다.

셋째, 요한은 경건한 영성을 보여줍니다. 요한은 인생 초
기에는 성격이 급하다 보니 약간 경솔했고 경박했습니다.
그런데 예수님을 닮아갈수록 깊이 있는 사람으로 변화 받았

습니다.

사도 바울은 '믿음, 소망, 사랑'이라는 기독교 신앙의 핵심 3요소를 정리해줍니다. 그런데 요한은 세 가지 요소를 다 갖춘 전인적 성숙을 총체적으로 보여줍니다. 믿음에 관한 내용을 담은 것이 요한복음이고, 소망에 관한 메시지가 요한계시록이며, 사랑에 관한 메시지가 요한일·이·삼서입니다. 요한은 그만큼 깊은 영성의 사람이었습니다. 변화된 모습을 여실히 보여주고 있습니다.

이렇게 요한은 복된 성품으로 변화되어 제자들 중 가장 연소한 자로 '교회의 기둥'이 되었습니다. 변화 받을수록 큰 인물이 되는 것입니다. 오늘도 마찬가지입니다. 변화 받는 만큼 큰 사람이 됩니다. 그리고 요한은 주후 98년까지 90세 이상으로 장수하였습니다. 당신도 변화 받은 만큼 오래 사는 승리자가 될 수 있습니다. 변화만이 행복하게 사는 길입니다.

고품격 변화를 갈망하라

1. 총체적으로
변화된 가정을 꿈꾸라

:

『³너희는 그리스도 예수 안에서 나의 동역자들인 브리스가와 아굴라에게 문안하라. ⁴그들은 내 목숨을 위하여 자기들의 목까지도 내놓았나니 나뿐 아니라 이방인의 모든 교회도 그들에게 감사하느니라. ⁵또 저의 집에 있는 교회에도 문안하라. 내가 사랑하는 에배네도에게 문안하라. 그는 아시아에서 그리스도께 처음 맺은 열매니라.』(개역개정, 롬 16:3~5)

총체적으로 변화된 가정을 꿈꾸라

세계에서 가장 돈 많은 사람과 가장 기부를 많이 하는 사람은 마이크로소프트(MS)사 빌 게이츠 회장입니다. 지난 2005년에는 자신들의 재산 절반에 해당하는 50조 원을 구제기금으로 헌납했습니다.

컴퓨터의 천재, 촉망받는 젊은 CEO, 세계 최고의 부자 빌 게이츠는 1990년대 초까지만 하더라도 자선이나 구제에 관심이 없는 인색한 사람이었습니다. 그러한 그가 세계 최고의 자선 기부자가 된 것은 그의 아내 멜린다 때문입니다.

남편의 대성으로 현대판 '신데렐라'가 된 멜린다는 1993년 아프리카를 여행하다가 흙투성이의 길을 맨발로 걸어 다니는 여성들의 모습에서 큰 충격을 받았습니다. 멜린다는 이렇게 회고합니다. "아무리 눈을 씻고 둘러봐도 도대체 신발을 신은 여성을 찾을 수가 없었습니다. 이런 처참한 아프리카가 나의 가치관을 영원히 변화시켜 놓았습니다."

아프리카에서 인생의 변곡점(變曲點)을 체험하고 돌아온 멜린다는 남편 빌 게이츠를 자신의 이득만 챙기는 기업 사냥꾼이라는 손가락질을 받는 비난의 상태에서 세계 최고의 자선사업가로 변신시킵니다. 그래서 빌 게이츠는 "두 명의 머리가 하나보다 낫다"라고 말합니다. 멜린다는 삶의 가치관이 변화된 이후 '자선(慈善)의 여왕'으로 숭고한 인생을 살아가고 있습니다.

브리스가와 아굴라 부부가 2000년 전의 빌 게이츠라고 할 수 있습니다. 이 부부는 이상적인 결혼생활을 이루었던 것이 분명합니다. 신약성경에 여섯 번이나 반복해서 나오는데, 언제나 부부의 이름이 함께 소개되고 있습니다. 바울이 세 번 소개하고, 누가가 세 번 소개하는데 여섯 번 모두 건강한 부부로 소개합니다(롬 16:3, 고전 16:19, 딤후 4:19, 행 18:2, 18, 26).

그들은 흑해 지방 아르메니아와 터키 국경지역에서 태어난 유태인인데, 로마에서 살다가 유태인 추방령에 의하여 강제 이주를 당해 고린도 지방까지 쫓겨 왔습니다.(행 18:2) 그곳에서 그들은 집시 상인으로 피혁 천막제조업 사업을 하다가 고린도 지역에 선교하러 온 사도 바울을 만나 인생의 엄청난 변곡점을 이루게 됩니다. 바울이 전해주는 예수님을 믿고 그들의 가치관에 대변혁이 일어납니다. 온 가족이 총체적으로 변화 받고, 인생의 가치관과 목적이 달라졌고, 행복의 기준이 달라졌으며, 궁극적으로는 온 가족이 교회중심으로 헌신하는 이상적 변화모델을 보여주고 있습니다.

그러면 오늘 우리의 가정은 어떤 총체적 변화를 꿈꾸어야 할까요?

삶의 목적이 위대하게 변화되는 가정

브리스가와 아굴라 부부가 사도 바울을 만난 것은 사업상의 이유였지만, 바울로 인해 예수님을 믿은 이후로는 인생의 목적이 확연하게 변화되어 사업 관계의 동업자가 사역 관계의 동역자로 바뀐 것입니다(행 18:1~4, 딛 3:13). 그래서 사도 바울은 그들을 "그리스도 예수 안에서 나의 동역자다."라고 소개했습니다.

여기 '동역자'라는 헬라어는 '짐을 함께 나눠지고, 매를 같이 맞는 자'라는 뜻입니다. 이 뜻처럼 '그들은 목숨 걸고 헌신하는 동역자'라고 바울은 말합니다.

브리스가와 아굴라는 예수 믿고 변화 받은 후에 삶의 목적이 달라졌습니다. 사업을 하고 돈을 벌어야하는 목적이 뚜렷하게 달라진 것입니다. 돈을 버는 목적이 자신의 욕망을 추구하는 대신에 이웃의 생명구원에 헌신하는 것으로 바뀐 것입니다.

한때 세계 최고의 갑부였던 록펠러(John Davison Rockefeller)에게 붙는 또 다른 수식어는 '세계 최고의 자선가'였다는 점입니다. 20세기 최고의 자선사업가가 빌 게이츠라면, 19세기 최고의 자선가는 록펠러입니다. 그는 일생동안 수많은 자선사업을 벌였습니다. 시카고대학을 포함한 24개의 명문대학들을 적극 지원함으로써 막대한 재산을 사회에 환원했고, 약 5천 개의 교회를 지어 하나님께 바쳤습니다.

록펠러는 인생의 목적이 분명한 사람으로 변화 받은 대표적 인물입니다. 그가 잘 나가던 중년기에는 기업사냥꾼으로 모든 기업을 집어 삼켰습니다. 기자들의 "얼마나 돈을 더 벌기를 원하느냐?"는 질문에 조금만 더(little more) 벌면 만족할 수 있을 것이라고 말하며 욕심의 노예로 살았습니다. 그러던 그가 뚜렷한 목적의식으로 바뀐 것입니다. 사업성공과 부의 축적을 일차원적 목표로 삼았던 그가 교회와 사회를 위해 헌신하는 삶으로 목적을 전환했습니다.

우리에게도 삶의 목적에 분명한 변화가 있어야 합니다. 릭 워렌(Rick Warren) 목사는 "사람은 하나님의 목적 없이 태어날 수는 없다."라고 하였습니다. 뚜렷한 목적 지향적 인생을 살아가는 사람에게는 어떤 유익이 따라올까요?

첫째, 삶에 의미를 부여해 줍니다. 여기저기 기웃거릴 필요 없이 인생을 보람 있게 살게 됩니다. 둘째, 삶이 단순해집니다. 셋째, 초점을 맞춘 삶을 살게 됩니다. 즉, 인생을 허비하지 않고 효율적으로 살아가게 됩니다. 목적이 분명한 사람은 돈의 씀씀이도 헤프지 않습니다. 넷째, 삶의 동기가 유발됩니다. 자기 마음에서 분명한 동기화가 일어나서 열정적인 인생을 살게 됩니다. 다섯째, 영생을 준비합니다. 목적이 분명할수록 근시안적 인생에서 영원한 유산을 바라보며 살게 됩니다. 피조물인 인간은 언젠가 하나님 앞에서 셈하는 날을 맞이하게 됩니다. 그때에 우리는 어떤 보고서를 내놓아야 할까요? 자기만을 위해 살아온 궁색한 변명을 하겠습니까 아니면 위대한 목적을 위해 내 인생을 효율적으로 생산적으로 활용했던 것을 보이겠습니까? '자기 스스로를 위해 썼느냐, 아니면 위대한 목적을 위해 얼마나 어떻게 활용했느냐?' 가 관건입니다.

부부가 함께 헌신자로 변화되는 가정

브리스가와 아굴라 부부는 피혁 제조기술자로 집시 상인이었습니다. 이역만리 낯선 도시인 로마에 가서 사업을 하다가 유태인이라는 이유 하나만으로 졸지에 보따리 인생이 되었습니다. 사실 그들이 하던 사업은 천막 제조업으로 굉장히 거칠고 힘든 노동이었습니다. 그런데도 부부는 같이 앉아서 늦은 밤까지 힘써서 열심히 바느질을 했습니다. 이들은 인생의 어떤 비바람과 찬바람을 맞아도 그 고난을 함께 나누었고 함께 일했습니다.

이 부부는 신약성경에서 여섯 번이나 소개될 정도로 훌륭한 부부입니다. 특히 여섯 번 모두 다 부부의 이름이 동시에 부각됩니다. 그런데 여섯 번 중에서 네 번은 아내의 이름이 먼저 소개되고 있습니다. 그것은 아마도 브리스가가 헌신의 주도자였기 때문일 것입니다. 이처럼 한 사람이 먼저 헌신을 주도하면 결국 함께 헌신하는 축복을 누리게 됩니다. 하지만 역으로 "함께 쉬자"라고 말하면 둘 다 침체될 수밖에 없습니다.

우리의 삶에 거울이 되는 브리스가와 아굴라 부부는 고린도에서 사업상의 이유로 바울을 만나 선교의 헌신자가 되어 바울을 따라 에베소로 가고, 로마까지도 같이 가서 헌신합니다. 이런 헌신은 생명을 아끼지 아니하는 헌신입니다.

모세를 이스라엘의 훌륭한 지도자로 키운 비결도 아므람과 요게벳 부부의 동역적 헌신에 있었습니다. 사무엘의 어머니 한나가 황소 세 마리를 바칠 수 있었던 것은 남편 엘가나의 협조가 있었기 때문입니다. 남편이 아내의 헌신에 협조해준 것이 아들을 위대하게 만들었습니다. 엘리사 선지자를 주도면밀하게 섬겼던 수넴 여인도 남편의 묵묵한 협조로 잘 헌신할 수 있었습니다. 세례 요한의 부모 사가랴와 엘리

사벳도 함께 기도하며 헌신하므로 아들을 역사의 혜성으로 위인 되게 했습니다. 베드로는 자기 부인과 함께 헌신하므로 큰 인물이 될 수 있었습니다.

그래서 빌 게이츠는 '두 명의 머리가 하나보다 낫다' 라고 감격스런 고백을 했습니다. 그는 지금 과거처럼 기업을 삼키는 자가 아니라 세상 앞에서 자랑스러운 인생으로 겸허하게 롤모델로 아름답게 살아가고 있습니다.

부부와 같이 모이는 모임을 만들어 함께 교제하며, 은혜 나누고, 함께 기도하여, 성령 충만하고, 함께 전도하고, 함께 찬양하고, 봉사하면서 헌신의 동역자가 되어 보십시오.

어떤 부부는 이렇게 간증합니다. "우리 부부는 식사 때마다 이런 기도를 합니다. 주님, 오늘 하루도 우리 부부가 무엇인가 기여하는 삶을 살게 하옵소서."

온 가족이 교회중심으로 변화되는 가정

브리스가와 아굴라 부부는 최고의 이상적 모델로 교회중심으로 살았습니다. 그들은 어디를 가든지 자기 집을 교회로 사용했습니다. 고린도와 에베소에서, 그리고 로마에서도 여전히 자기 집을 교회로 개방하였습니다. "그들의 집에서 모이는 교회에게도 문안하라."(롬 16:5) 그들은 자기 집 안에다 교회를 세웠습니다. 자신들의 집이 곧 교회였습니다(고전 16:19). 나그네 인생으로 불편하고 힘들어도 교회중심으로 살았습니다.

특별히 그들은 집시 상인이었기에 환경이 안정되지 못하였는데도 고린도교회(고전 16:19)와 로마교회를 세우고(롬 16:3). 에베소교회를 돕는 온 가족이 교회중심으로 헌신하는 아름다운 모습을 보여주었습니다(딤후 4:19).

성령 충만한 가정은 철저히 교회중심으로 삽니다. 교회를 사랑합니다. 교회를 가슴에 품고 살게 됩니다. 온 가족이 함께 헌신합니다. 믿음이 훌륭한 가정일수록 대를 이어 교회를 섬깁니다. 모든 활동의 비중을 교회에 맞추고, 모든 스케줄을 교회 프로그램에 맞춥니다. 교회가 최우선인 것입니다. 그러니까 가정을 만드신 하나님께서 기뻐하시고 축복하십니다.

교회에는 많은 성경공부, 제자양육 프로그램이 있습니다. 참석하지 못하는 이유는 자기 스케줄에 맞추기 때문입니다.

나의 스케줄이 아니라 교회의 스케줄에 맞춰 가기 위해서는 근본적인 변화가 있어야 합니다.

온 가족이 교회중심으로 변화되는 성령 충만한 가정을 꿈꾸십시오. 대를 이어 교회에서 헌신하는 가족이 되고 교회의 핵심 멤버들이 될 수 있기를 꿈꾸십시오. 예수님께서 교회를 통해 놀라운 은혜와 축복을 주고 계시다면, 당신도 교회를 위해 멋진 헌신과 기여를 할 수 있습니다. 수혜자에서 기여자로 바뀌십시오(Consumer to Contributor).

100여년 전 영국의 복음 전도자였고 WEC국제선교회의 창시자였던 스터드(C. T. Studd) 선교사는 이런 가슴 뭉클한 감동적 도전을 주었습니다.

"만일 예수 그리스도가 하나님이시며, 나를 위해 죽으셨다면, 나에게 있어서 그를 위한 어떤 희생도 과도한 것은 아닐 것이다."

2. 큰 그릇으로 변화

『¹¹우리가 드로아에서 배로 떠나 사모드라게로 직행하여 이튿날 네압볼리로 가고 ¹²거기서 빌립보에 이르니 이는 마게도냐 지방의 첫 성이요 또 로마의 식민지라 이 성에서 수일을 유하다가 ¹³안식일에 우리가 기도할 곳이 있을까 하여 문밖 강가에 나가 거기 앉아서 모인 여자들에게 말하는데 ¹⁴두아디라 시에 있는 자색 옷감 장사로서 하나님을 섬기는 루디아라 하는 한 여자가 말을 듣고 있을 때 주께서 그 마음을 열어 바울의 말을 따르게 하신지라. ¹⁵그와 그 집이 다 세례를 받고 우리에게 청하여 이르되 만일 나를 주 믿는 자로 알거든 내 집에 들어와 유하라 하고 강권하여 머물게 하니라.』 (개역개정, 행 16:11~15)

큰 그릇으로 변화

옛날에 우리나라에서 양조장을 한다는 것은 가만히 앉아서 돈을 쓸어 담는 사업이었습니다. 모두 양조장을 갖지 못해 안달하던 시절, 대구 최대의 양조장을 하던 한 청년이 1947년 주변의 반대를 무릅쓰고 과감하게 아버지로부터 물려받은 사업을 정리하며 "지금 우리나라는 정치도, 경제도 갈피를 못 잡고 있습니다. 그런데 나 혼자만 이렇게 호의호식하는 것이 과연 옳은 일이겠습니까? 이제부터는 자주 독립국가의 경제건설에 소임을 다하는 사람이 되겠습니다."라는 큰 뜻을 품고 상경하였습니다.

대구에서 갑부 행세를 하면서 살 수 있는 기회를 버리고, '꿈'을 찾아 서울로 올라온 그가 바로 이병철 회장이고, 그가 세운 회사가 '삼성'입니다. 그는 패러다임 쉬프트

(Paradigm Shift), 즉 새로운 변화를 시도하므로 큰 그릇 인생을 살았던 것입니다.

루디아(Lydia)라는 여성이 바로 그런 인물입니다. 그녀는 터키 지방 두아디라 출신 패션사업가입니다. 그녀는 로마 상류층 사람들을 대상으로 무역하는 상당한 수준의 여성 CEO였기에 귀부인(Lydian Lady)이라는 호칭을 받았습니다. 이런 그녀가 사도 바울을 만나 새로운 변화를 받으므로 역사의 한 획을 긋는 존귀한 큰 인생을 살았습니다.

배경은 이렇습니다. 사도바울은 유럽선교의 첫 관문 도시인 빌립보에 들어가 예배 처소를 찾았습니다. 빌립보 도시는 로마 식민통치 지역으로 로마 종교 이외에는 예배모임이 허용되지 않았으므로 조심스럽게 사람들의 눈에 띄지 않는 장소를 찾았습니다. 즉, 사람들을 쉽게 만날 수 있으면서도 사람들의 시선을 피할 수 있는 장소를 찾았습니다. 거기가 곧 성문 밖 강변 여인들의 빨래터 근처의 유대인 기도처였습니다. 그곳에 여러 사람들이 모여 있는데 첫 눈에 들어오는 한 여인이 바로 루디아였습니다.

그녀는 이방인으로서 하나님을 경외하는 신앙이 있었고,

큰 사업가로서 비즈니스 활동이 바빠도 주일 예배를 성실히 드렸습니다. 또한 그녀는 부유층이었는데도 기도하는 사람이었습니다. 한마디로 그는 세상적으로 아쉬울 것이 없는데도 신앙생활을 잘 하고 있는 성숙한 신앙인격의 사람이었습니다.

신앙적으로 성숙한 인물의 특징이 있습니다. 자신의 환경에 상관없이 하나님의 나라를 위해 지속적으로 기도하는 모습입니다. 문제가 많아서 기도하는 사람보다, 문제가 없는데도 새벽마다 나와 하나님께 더 큰 비전과 꿈으로 기도하는 사람이 훌륭한 신자입니다. 아프고, 어려운 상황이나 사업의 위기가 와서 하나님을 찾는 기도보다 모든 것이 안위함에도 기도하는 사람이 큰 사람입니다.

어떤 사람이 시골에서 올라와 사업에 성공해서 큰 재력가가 되었습니다. 고급 아파트에서 살았습니다. 그래도 항상 시골의 정취가 그리웠습니다. 어느 날 재래시장에 가서 아침마다 잘 우는 닭 한 마리를 사왔습니다. 좋은 닭이라고 하여 웃돈까지 주고 사왔습니다. 아파트 베란다에 아담한 닭장을 지어주었습니다. 난방시설도 갖추고, 모이도 자동으로 나오게 하고, 물통은 파이프를 수도관에 연결시켜 주었습니다. 완벽한 최첨단 시스템입니다. 그런데 이 닭이 울지 않았습니다. 며칠을 기다려도 울지 않았습니다. 그래서 가게 주인을 찾아갔습니다. 자초지종을 말했더니 가게 주인이 물었습니다.

"집은 잘 만들어 주었습니까?"

"예, 포근한 침대를 갖춘 최첨단 보금자리를 만들어 주었습니다."

"모이는 잘 주십니까?"

"잘 주는 정도가 아니라 자동시스템입니다."

"물도 잘 주십니까?"

"파이프를 수도관에 연결시켜 주었습니다."

그러자 닭집 주인이 고개를 끄덕이며 말했습니다. "그러면 그렇지요. 그 닭이 뭐가 아쉬워서 울겠습니까?"

이것이 곧 현대인의 모습입니다. 요즘 우리는 너무 편하다보니 하나님을 찾지 않고 안일하게 살아가고 있습니다. 아쉬울 것이 없는 최상의 환경에 살다보니 새로운 변화나 발전이 멈추는 정체 상태에 있습니다.

보통 사람일수록 편하면 안일주의에 빠지고, 큰 사람일수록 환경에 지배받지 않고 자기 관리에 성공합니다. 자기 갱신을 위해 자기 발전을 하는 사람이 21세기형 리더입니다.

빌립보 도시의 패션사업가 루디아가 그 표본입니다. 그는 이방인 출신임에도 불구하고 사업 현장에서 하나님을 경외하며 예배와 기도중심으로 사는 건강한 크리스천의 모습을 보여주었습니다. 그러다가 사도 바울을 만나 큰 그릇으로 또 다시 변화를 받았습니다. 그는 새로운 차원의 변화를 기점으로 훌륭한 헌신자가 되어 위대한 인생을 살았습니다. '사업가 인생'에서 '사역자 인생'으로 도약한 것입니다.

루디아는 바울의 제2차 선교여행부터 제4차 로마선교까지 약 15년 동안 훌륭하게 바울의 동역자로서 헌신했습니다. 또한 자기는 이방인 출신인데도 흉년과 기근으로 고통당하는 예루살렘교회를 위해 큰 헌금을 보내기도 했습니다(고후 8장). 이것이 변화의 축복입니다. 사람은 변화 받는 만큼 큰 인물이 되는 도약이 이루어집니다. 변화를 시도하는 만큼 우리 인생의 크기가 달라집니다.

빌립보교회를 자세히 연구해보면 특별히 훌륭한 인물들이 많았습니다(빌 1:1). 목숨 바쳐 헌신하는 사역자 에바브

로디도 지도자가 있었고(빌 2:25), 클레멘트를 위시하여 일평생 바울과 동고동락하는 거인들이 소개되고 있습니다(빌 4:3). 이와 같은 인물들이 있을 수 있었던 것은 루디아라는 한 여인 때문입니다. 그의 영양력으로 나타난 교회가 빌립보교회입니다. 루디아가 뿌린 씨앗의 알찬 열매입니다.

그러면 우리도 어떻게 하면 현재 수준을 뛰어넘어 큰 그릇으로 변화 받을 수 있을까요? 어떻게 하면 'Good to Great', 보통 사람에서 위대한 사람으로의 변화가 가능할까요?

마음을 쉽게 열라

루디아는 이방인이요, 부유한 사업가였는데도 사도 바울의 설교를 귀담아 들었습니다. 즉, 마음을 쉽게 열고 말씀을 들었습니다. '마음을 연다.'는 말은 헬라어로 양쪽 대문을 활짝 여는 장면을 뜻합니다. 한 쪽 문만 연 상태가 아니고, 두 쪽 문을 활짝 열어놓은 상태를 말합니다.

이처럼 루디아는 마음을 활짝 열고 바울의 설교를 경청했습니다. 그래서 쉽게 변화 받을 수 있었습니다. 이런 마음

밭이 옥토입니다. 마음 문을 활짝 여는 만큼 큰 변화를 체험하게 됩니다.

심리학적으로 변화를 잘 받는 사람에게는 세 가지 공통점이 있습니다. 첫째, 잘 듣습니다. 둘째, 반응을 잘 보입니다. 셋째, 잘 적응합니다. 예배 중에도 은혜를 잘 받는 사람은 잘 듣고 잘 반응하는 사람입니다. 누가 설교하든지 은혜를 잘 받는 사람이 건강한 신자입니다. 하나님은 사모하는 영혼에게 좋은 것으로 채워주십니다. 말씀을 들으면서 '아멘'의 입을 잘 열어야 합니다. 입을 열면 마음도 열립니다. 마음을 열면 입이 열립니다. 생각도 열립니다. 성공과 축복의 문도 열립니다. 하나님이 채워주시기 때문입니다.

하나님은 우리가 구원받는 첫 순간부터 큰 그릇의 사람이 되기를 원하십니다. 하나님께서는 이스라엘 민족을 구원하신 첫 출발부터 이런 비전의 축복을 선언하셨습니다. "네 입을 넓게 열라 내가 채우리라."(시 84:10) 그러므로 우리가 마음을 쉽게 여는 만큼 하나님께서도 하늘 문을 열어 축복하십니다. 마음을 여는 만큼 믿음도 커지고 축복 담을 그릇도 커집니다. 그래서 크게 쓰임 받는 인물이 되게 하십니다.

다윗이 인간적으로는 도저히 용납될 수 없는 엄청난 과오와 실수를 저질렀어도 마음 문을 활짝 열고 나단 선지자의 충고를 들었기에 뼈아프고 쓰라린 과거의 아픔을 치유 받고 큰 인물이 될 수 있었습니다.

오늘날도 마찬가지입니다. 마음을 쉽게 열어야 치유 받고, 변화 받고, 축복도 누릴 수 있습니다.

감성지수(EQ)가 건강하라

루디아는 마음의 문을 활짝 열고 바울의 설교를 들으면서 큰 은혜와 감동을 받았습니다. 그래서 자기 집 모든 식구와 직원들까지 초청하여 함께 세례를 받았습니다. '집안 식구'라는 헬라어는 광범위한 공동체를 뜻합니다. 사업가로서 자기가 거느린 모든 구성원들을 다 세례 받게 했다는 것입니다.

이렇듯 루디아는 자신도 감동을 쉽게 받을 뿐만 아니라 다른 사람도 쉽게 감동시킬 수 있는 감성지수(EQ)가 건강한 사람이었습니다. 감화력이 있는, 주변의 사람들을 모두 감동시킬 만큼 감화력이 있었습니다.

시대를 이끌어 간 훌륭하고 위대한 인물일수록 작은 일에도 감사하는 감동의 사람들입니다. 심령을 움직이는 감화력의 사람들입니다. 그러기 위해서는 EQ지수가 높아야 합니다.

21세기는 하이테크 시대인 만큼 하이터치의 건강한 EQ가 필요합니다. 웃을 줄도 알고, 울 줄도 알아야 합니다. 머리만으로는 사람을 설득하지 못합니다. 가슴을 뭉클하게 감동시켜야 변화가 이루어집니다. 서비스 사업에서도 고객만족이 아니라 고객감동 수준이 되어야 매출에 성공할 수 있습니다.

이처럼 감성지수가 건강하기 위해서는 자신부터 감동을 잘 받아야 합니다. 이것이 곧 성령 충만의 본질입니다. 성령님은 감동의 영이십니다. 성령의 감동을 잘 받는 사람일수록 쉽게 감격할 줄 알고, 눈물이 있고, 기쁨이 있고, 가슴이 뭉클해지고, 변화를 받습니다. 변화가 없다는 것은 죽었다는 것입니다.

하나님은 감동의 사람을 크게 쓰십니다. 대표적인 인물이 다윗입니다. 다윗의 시편을 보십시오. 한 나라의 제왕, 군왕, 정치가로서 리더십을 가졌지만, 그 용장이 베개를 적시며 울고, 군왕의 옷을 벗어던지고 덩실덩실 춤도 추었습니다. 그는 감동을 쉽게 받는 만큼 많은 사람들을 감동시켜 새로운 변화를 일으켰습니다.

바울도 성령으로 변화 받은 이후로는 큰 감동의 사람이 되었습니다. 냉혈 인생에서 성령의 감동 이후에 눈물과 감격, 희열, 따뜻한 가슴으로 위로와 격려로 수많은 사람들의 심금을 울렸습니다. 그래서 많은 사람을 변화시킬 수 있었습니다. 합리적 이성이 아닌 가슴의 감동으로 변화시켰습니다.

결단을 잘 하라

훌륭하게 변화 받은 사람일수록 결단을 잘 합니다. 성경에 소개되는 위인들은 쉽게 결단하고 곧바로 행동했습니다. 고민하거나 견주지 않고 자존심을 부리지 않았습니다. 예로서 삭개오나 사마리아 수가성 여인, 베드로와 같은 인물입니다. 사람은 결단하는 만큼 새로운 변화가 이루어집니다. 그것은 도약하기 때문입니다. 시행착오와 실수하더라도 다시 결심을 해야 합니다. 결심하지 않으면 발전이 없습니다. 기도하므로 자기 한계를 뛰어넘으십시오. 결단하는 만큼 새로워집니다.

루디아는 결단력이 탁월했습니다. 그녀는 사도 바울을 통해 예수님을 영접하고 세례를 받은 후 자기 집을 완전히 개방하기로 결단했습니다. 즉, 바울 일행과 함께 선교사역에 헌신하기로 위대한 결단을 한 것입니다. 그래서 바울 선교팀을 강권하여 유대인이 아님에도 여러 위험을 무릅쓰고 자기 집에 머물도록 주선했습니다. 결심과 결단이 얼마나 단호했던지 사도 바울에게 간곡히 간청하고 강권했습니다.

인간은 결단하는 만큼 발전합니다. 덴마크의 실존주의 철학자 쇠렌 키에르케고르(S. Kierkegaard)는 "결단하는 만큼 도약한다(development by decision)"라고 했습니다. 프랑스의 위대한 미술가 밀레는 원래 누드 화가였습니다. 그것도 돈을 많이 버는 인기 있는 누드 화가였습니다. 그가 어느 날 전시회를 열었는데 두 청년이 와서 그의 누드화를 보고는 낄낄거리면서 음담패설을 하는 것이었습니다. 그때 그는 생각했습니다. '내가 지금 뭘 하고 있는 것인가? 아무리 내가 경제적으로 어려움을 겪는다 하더라도 어찌 이런 수준 낮은 그림을 그리고 앉아 있는가? 이제부터는 인간의 심성을 맑게 해주는 그림을 그려야 되겠다.' 그리고 밖으로 나가 아름다운 전원풍경과 소박하게 살아가는 농부들의 모습을 화폭에 담기 시작했습니다. 바로 그때 그린 그림이 '만종'입니다. 단 한 순간의 현명한 결단이 밀레를 최고의 작가로 변모시켜 주었습니다. 새로운 결단이 위대한 인생을 펼치게 한 것입니다.

마찬가지로 당신도 세상 가치관과 풍속에 맥없이 끌려 다니기를 멈추어야합니다. 변화 받은 크리스천으로 살겠다고 결심하십시오. 그 결심 가운데 하나님이 동역하고 나눌 사람을 붙여주실 것입니다. 결심을 품은 만큼 하나님은 도와주십니다. 그래야 당신의 일터를 변화시킬 수 있고 세상을 변화시킬 수 있습니다.

루디아는 바울과의 첫 만남을 기점으로 마음을 쉽게 결단하여 선교 사역에 큰 일군이 되었습니다. 그녀는 유럽 최초의 세례교인이 되었습니다. 또한 유럽 최초의 교회를 설립했습니다. 그 빌립보교회가 유럽 선교의 교두보가 되었습니다. 사도행전을 보면 선교의 헤드쿼터가 예루살렘에서 안디옥으로, 그리고 빌립보 교회로 옮겨졌습니다. 루디아라는 한 여성의 고귀한 헌신의 결과입니다. 그만큼 큰 영향력의 인물이 된 것입니다. 결국 그녀는 유럽 최고의 선교헌신자로 크게 활약했습니다. 루디아는 그야말로 글로벌 리더였습니다.

많은 사람들이 사도 바울의 선교를 후원하였으나 오래가지 못했습니다. 중도에 멈추거나 포기하고 탈락했습니다. 대부분 용두사미로 끝났습니다. 그런데 루디아는 일평생 초지일관 묵묵히 헌신했습니다. 연약한 여성이었음에도 불구하고 바울과 로마 감옥에 있기까지 멍에를 같이 하고, 생사고락을 같이 하며 목숨 걸고 헌신하였습니다(빌 4:3, 15).

이런 큰 인물의 공통점은 초지일관입니다. 결단과 결심이 무너지지 않는 사람입니다. 한 길을 달려갑니다. 훌륭한 인물일수록 상록수 인생을 살아갑니다. 활엽수는 계절 따라, 기후 따라 변동이 심합니다. 그러나 상록수는 폭염과 비바람, 혹한 중에서도 독야청청합니다. 주변 환경 따라 흔들리거나 요동하지 않습니다. 구약 시대의 영웅 갈렙처럼 전천후 인생을 살아갑니다.

우리가 애송하는 찬송가 376장 '내 평생소원 이것뿐'을 작사한 분은 한승곤 목사님입니다. 그분은 평양 산정현교회 초대 목사로서 105인 사건 이후 중국으로 망명했다가 미국으로 건너가 20년간 이민 목회를 하시다가 다시 평양으로 돌아와 순교하기까지 헌신했습니다. 주님을 향한 결심과 결단이 무너지지 않았기 때문에 위대한 인생으로 살 수 있었던 것입니다.

"내 평생소원 이것뿐 주의 일 하다가 이 세상 이별하는 날 주 앞에 가리라. 불같은 시험 많으나 겁내지 맙시다. 구주의 권능 크시니 이기고 남겠네. 살같이 빠른 광음을 주 위해 아끼세. 온 몸과 맘을 바치고 힘써서 일하세."

루디아는 마음을 활짝 열고, 감동을 받고, 크게 결단을 하여 큰 인물로 쓰임 받았습니다. 최근 신학자들의 연구에 의하면, 사도 바울을 만나 크게 변화 받은 루디아는 그때 함께 만나 동역자가 된 지성인 의사 누가와 결혼하여 더욱 고귀한 인생을 살았던 것으로 해석하고 있습니다. 그래서 의사 누가는 사도행전 16장부터 '우리가'라는 표현을 즐겨 썼다는 것입니다. 동역자가 동반자로 바뀐 것입니다. 얼마나 놀라운 축복이자, 행복입니까! 당신도 변화 받는 만큼 큰 인물이 될 수 있고, 동시에 큰 축복을 누릴 수 있습니다.

3. 변화가 가져오는 애프터 축복

『 ¹하나님이 야곱에게 이르시되 일어나 벧엘로 올라가서 거기 거주하며 네가 네 형에서의 낯을 피하여 도망가던 때에 네게 나타났던 하나님께 거기서 제단을 쌓으라 하신지라. ²야곱이 이에 자기 집안사람과 자기와 함께 한 모든 자에게 이르되 너희 중에 있는 이방 신상들을 버리고 자신을 정결하게 하고 너희들의 의복을 바꾸어 입으라. ³우리가 일어나 벧엘로 올라가자 내 환난 날에 내게 응답하시며 내가 가는 길에서 나와 함께 하신 하나님께 내가 거기서 제단을 쌓으려 하노라하매 ⁴그들이 자기 손에 있는 모든 이방 신상들과 자기 귀에 있는 귀고리들을 야곱에게 주는지라. 야곱이 그것들을 세겜 근처 상수리나무 아래에 묻고 ⁵그들이 떠났으나 하나님이 그 사면 고을들로 크게 두려워하게 하셨으므로 야곱의 아들들을 추격하는 자가 없었더라. ⁶야곱과 그와 함께 한 모든 사람이 가나안 땅 루스 곧 벧엘에 이르고 ⁷그가 거기서 제단을 쌓고 낯을 피할 때에 하나님이 거기서 그에게 나타나셨음이더라. ⁸리브가의 유모 드보라가 죽으매 그를 벧엘 아래에 있는 상수리나무 밑에 장사하고 그 나무 이름을 알론바굿이라 불렀더라. ⁹야곱이 밧단아람에서 돌아오매 하나님이 다시 야곱에게 나타나사 그에게 복을 주시고 ¹⁰하나님이 그에게 이르시되 네 이름이 야곱이지마는 네 이름을 다시는 야곱이라 부르지 않겠고 이스라엘이 네 이름이 되리라 하시고 그가 그의 이름을 이스라엘이라 부르시고 ¹¹하나님이 그에게 이르시되 나는 전능한 하나님이라 생육하며 번성하라. 한 백성과 백성들의 총회가 네게서 나오고 왕들이 네 허리에서 나오리라. ¹²내가 아브라함과 이삭에게 준 땅을 네게 주고 내가 네 후손에게도 그 땅을 주리라 하시고 ¹³하나님이 그와 말씀하시던 곳에서 그를 떠나 올라가시는지라. ¹⁴야곱이 하나님이 자기와 말씀하시던 곳에 기둥 곧 돌기둥을 세우고 그 위에 전제물을 붓고 또 그 위에 기름을 붓고 ¹⁵하나님이 자기와 말씀하시던 곳의 이름을 벧엘이라 불렀더라.』(개역개정, 창 35:1~15)

변화가 가져오는 애프터 축복

　　스탠리 존스 목사가 아프리카 선교를 소재로 집필한 『승천한 자들의 노래』라는 책이 있습니다. 선교사가 한 개종자에게 새로운 이름을 지어주기까지의 이야기입니다. 그 개종자는 동네에서 소문난 망나니였습니다. 그런 사람이 예수를 믿은 자체가 동네 사람들에게 큰 화제였습니다. 더 놀라운 것은 그가 예수님을 믿어 변화되고 말과 행동이 달라진 후로 그의 생활도 완전히 달라졌다는 것입니다. 엄청난 축복을 누리는 자가 되었습니다. 그래서 스탠리 존스 목사는 그 개종자의 이름을 '애프터(After)'라고 지어주었습니다. B.C.와 A.D.의 변곡점을 이루어 애프터의 축복을 누렸기 때문입니다. 성경은 반드시 말씀하고 있습니다. 우리가 변화될수록 생각 이상의 축복을 허락하신다는 것을 말입니다.

인생은 변화된 이후에 반드시 새로운 축복을 맞이하게 되어 있습니다. 변화되는 만큼 축복이 따라옵니다. 변화 이후에 애프터 축복을 받은 자랑스러운 한국인 한 분이 있습니다. 그분은 옛날 오산학교 출신입니다. 그는 학창시절 초기에는 학교에서 문제아 중의 문제아였습니다. 여러 선생님들이 혼내고 타일러도 말을 듣기는커녕 전혀 다룰 수가 없었습니다. 그래서 최후로 당시 교장이셨던 조만식 선생님이 퇴학 조치를 내릴 단계까지 왔습니다. 조만식 선생님도 이 학생과 대화를 나누어 보았지만 어찌할 수 없다는 판단이 들었습니다. 그래서 미래가 안타까운 나머지 마지막으로 학생의 손을 붙잡고 기도해 주었습니다. 눈물로 기도했습니다.

그런데 교장선생님의 뜨거운 눈물이 자기 손등에 떨어지자 학생은 드디어 입을 열고 마음을 바꾸었습니다. 그날 이후로 완전한 변화, 즉 인생의 전기를 이루었습니다. 그 문제아가 다름 아닌 백낙준 박사입니다. 그는 변화 이후에 애프터 축복을 받아 미국 예일대학까지 유학을 갔고 거기서 학위를 받고 귀국하여 한국기독교회사를 집필하고 연세대학교 초대 총장을 지내며 대한민국 민족사에 남는 훌륭한 인물이 되었습니다.

야곱은 애프터 축복의 대표적인 케이스입니다. 야곱은 변화가 어려운 사람이었음에도 불구하고 근본적인 변화를 통해 그의 이름마저도 '이스라엘'로 바뀌는 애프터의 축복을 누린 사람이었습니다.

성경에서 야곱의 변화 스토리를 구체적으로 소개하는 목적은 하나님이 구원하신 사람은 누구든지 변화될 수 있다는 실증을 제시하는 것입니다. 변화는 누구든지, 얼마든지 가능합니다. 그리고 변화 이후에는 반드시 애프터의 축복이 보너스로 따라오는 것입니다.

사실 야곱은 성격의 본바탕이 좋지 않은 사람이었습니다. 엄마 뱃속에서부터 경쟁심이 강했습니다. 그래서 형의 발꿈치를 잡고 놓지 않아 엄마가 해산할 때 죽을 고생을 하게 했습니다. 쌍둥이로 태어나 형 에서에 대한 시샘과 질투와 경쟁의식 때문에 수없이 속임수를 썼습니다. 아버지를 속이고 형을 속이는 일을 반복했습니다. 결국 야곱은 자기기만 때문에 20년 이상을 타향살이와 머슴살이로 엄청난 고생을 할 수밖에 없었습니다. 사기를 숱하게 당했으며 죄 값을 톡톡히 치렀습니다. 그런데도 근본적 변화는 일어나지 않았습니다. 성경에서는 야곱을 '지렁이 같은 자'라고 말합니다(사 41:14). 바로 자기 고집과 못된 자아가 끈질기게 달라지지 않는 사람이라는 뜻입니다.

야곱이 신앙이 없는 것도 아니었습니다. 나름대로 기도도 많이 했으며, 얍복강 나루터에서는 생명 걸고 기도하여 응답도 받았습니다. 아쉬울 때는 기도해서 응답받고 힘들 때는 하나님을 찾았지만 근본은 여전히 달라지지 않았습니다. 그래서 세겜 땅에 머물다가 하나밖에 없는 외동딸 디나가 성폭행을 당했습니다. 이제는 더 이상 변화 받지 않으면 안 되었던 것입니다. 그가 변하지 않으면 자기도 죽고, 자식이나 가정도 망하게 되는 벼랑 끝의 위기에 몰렸습니다.

하나님께서는 야곱에게 신앙의 원점으로 돌아가 근본적 변곡점을 이루라고 통첩하셨습니다. "야곱아, 이제는 신앙의 원적지 벧엘로 다시 올라가 거기서 새롭게 변화를 받아라. 옛 생활을 과감하게 숙청하고 새 사람을 입으라."(창 35:1~2)

어쩌면 오늘 우리에게도 하나님께서 최후통첩을 하시는지 귀기울여봐야 합니다. 더 이상 쓸데없는 고생을 자처하지 말고, 새롭게 변화 받아, 변화 이후에 찾아오는 애프터 축복을 누리는 자가 되어야 합니다.

그렇습니다. 하나님은 변화 이후에 큰 축복을 예비하고 계십니다. 하지만 변화가 더딜수록 잃은 것뿐입니다. 고생 뿐입니다. 비싼 대가만 치르며 여러 사람을 고생시킬 뿐입 니다. 자신뿐만 아니라 식구들도 고생합니다. 이제는 유턴 해야 합니다. 내가 바뀌어야 가정이 행복해집니다. 야곱은 이렇게까지 고생하지 않고 복을 누릴 수 있었지만, 변화가 더디었기 때문에 창세기 34장까지 고난과 고생의 이야기를 기록하게 되었습니다. 그러나 35장에 와서 야곱이 변화된 후부터 야곱의 인생은 애프터 축복인 새로운 인생으로 변화 되었습니다.

바움(D. Baum)은 바보와 현자의 차이를 이렇게 적나라 하고도 명료하게 지적하고 있습니다. "바보는 변했다고 생 각하고, 현자는 변하자고 한다." 간단한 이야기 일 수 있지 만 우리의 상황을 진단할 수 있는 이야기입니다. 즉, 바보는 이미 자기는 변했기 때문에 더 변할 것이 없다고 착각합니 다. 반면에 현자는 항상 부족을 느끼면서 계속 변화되어야 한다고 자신을 채근합니다.

우리는 야곱처럼 단호하게 선언해야 합니다. "우리가 일어나 벧엘로 올라가자. 내가 거기서 하나님께 제단을 쌓으려 하노라." 변화는 올라가는 삶이라고 할 수 있습니다. 더 이상 정체되지 않고, 머뭇거리지 않고 올라가야 축복이 있습니다. 올라가는 만큼 새로운 미래가 펼쳐집니다.

요즘 사람들이 좋아하는 패러글라이딩이라는 레포츠가 있습니다. 가파른 절벽에서 패러글라이더를 펼치면서 뛰어내리면 상승기류를 타고 하늘 높이 올라가 어디든지 날아갑니다. 바로 과감하게 시도하면 올라 갈 수 있는 것입니다. 사람도 마찬가지입니다. 새로운 변화를 회피할수록 옛 생활이라는 중력의 영향을 받아 절벽 아래로 떨어집니다. 하지만 마음의 패러글라이더를 펼치고 기꺼이 변화를 시도하면 상승기류를 타고 더 높이 올라갑니다. 그리고 새로운 지평의 행복을 누립니다.

그러면 우리가 새로운 변화를 이루어갈 때 어떤 애프터의 축복이 따라 올까요?

새 신분으로의 승격

야곱이 옛 생활을 과감하게 정리하고 돌아오자마자 하나님은 새 이름을 주셨습니다. 이제는 더 이상 옛 사람 야곱이 아니라 새 사람 '이스라엘'이라고 하셨습니다. 여기 '이스라엘'이라는 의미는 '승리자'라는 뜻을 함축하고 있습니다. 하나님의 사람으로 세상을 이기는 자가 된다는 뜻입니다. 어떤 환경에서도 승리자로 살 수 있는 새 신분의 승격을 말합니다. 이런 이름의 의미 때문에 이스라엘 국가는 여전히 승리의 강국을 이루고 있고, 비록 우리나라 하나의 도 정도의 땅보다 작은 규모의 땅에 중동의 위험한 국가들에게 둘러싸여 있지만 지금도 여전히 세계에서 위상을 떨칠 만큼의 영향력을 발휘하고 있는 것입니다.

우리도 변화 받는 만큼 강한 영권이 주어집니다. 새롭게 변화 될수록 큰 권세를 주십니다. 야곱이 단호하게 종교 숙청을 하고 세겜 땅을 떠났을 때 하나님께서 야곱에게 큰 권세를 주셔서 사람들이 감히 야곱을 대항하지 못하게 하셨습니다. 그에게 신비한 영권이 주어졌기 때문입니다. 천군천사를 동원한 하나님의 돌보심이 있었기 때문입니다.

이것이 바로 새 신분으로 변화된 자의 영적 권세입니다. 나 스스로가 변화된다는 것은 내가 속해있는 회사, 삶의 현장에서 내 포지션이 변화되는 것도 아니며, 내 직급이나 신분이 높아진 것도 아닙니다. 바로 내가 변화되는 만큼 세상이 어찌할 수 없는 위대하고 신비한 영적 권세가 하나님으로부터 주어지는 것입니다. 하나님을 믿는 자매들의 경우를 보면 변화를 받을수록 믿지 않는 가정이나, 무속신앙의 생활과 세상 속에서 신비하게 영적 권세로 승리하는 것을 볼 수 있습니다. 이것은 일찍이 야곱이 외삼촌 라반의 집을 떠날 때도 한번 체험했던 영권의 축복이라고 할 수 있습니다. "야곱이 길을 가는데 하나님의 사자들이 그를 만났다. 그들은 하나님의 군대라."(창 32:1~2)

요한복음 1장 12절은 이 점을 주지시켜줍니다. "우리가 예수님을 믿고 변화 받으면 하나님의 자녀로서의 권세를 주신다." 사도행전 1장 8절에서는 '성령의 권능'이라는 단어를 사용합니다. 이것은 대단한 단어입니다. 즉, 예수 믿고 성령 받은 우리는 엄청난 권한과 권능을 가진 권세의 사람이라는 것입니다.

당신이 변화 받는 만큼 하나님의 큰 권세를 갖고 사는 애프터의 축복과 영적 권세가 따를 것입니다.

새 하나님으로의 축복

야곱이 옛 생활을 정리하고 새로운 신분의 사람으로 변화 받자 그의 이름이 이스라엘로 바뀌었습니다. 그리고 동시에 하나님의 이름도 새롭게 바뀌었습니다. "나는 전능한 하나님이라."(창 35:11) 여기 전능자 하나님은 히브리어로 엘샤다이(El-Shaddai)이며 큰 권능과 축복의 하나님이라는 뜻입니다. 이 하나님의 새 이름은 창세기 17장 1절에서 처음 소개되고 있습니다. 아브라함이 새롭게 변화 받았을 때 찾아오셔서 큰 믿음을 심어주신 이름입니다. "나는 전능한 하나님이라." 불가능을 가능케 하시는 하나님이심을 말합니다. 없는 것을 있게 하시고, 무에서 유를 창조하시고, 죽은 자도 살리시는 전능하신 하나님이심을 말합니다.

이처럼 큰 권능의 하나님께서 새롭게 변화된 야곱에게 열두 지파의 족장이 되는 엄청난 번영의 축복을 주셨습니다. 할아버지 아브라함은 아들 하나를 낳았고, 아버지 이삭은 둘 밖에 못 낳았는데 야곱은 열두 아들을 낳았습니다. 즉,

이스라엘의 원조가 된 것입니다. 20년 전 야곱에게 하늘 문을 열어 축복하시겠다는 약속을 놀라운 기적과 현실로 이루어주신 것입니다. 이것이 곧 변화가 가져다주는 축복의 승법공식입니다.

새 하나님으로 축복 받는 행복자가 되십시오. 내가 변화를 이뤄가는 만큼 불가능을 가능케 하시는 전능하신 하나님으로부터 승법공식으로 축복을 받게 됩니다. 바로 이것이 누구든지 얼마든지 가능한 변화가 가져오는 애프터 축복인 것입니다.

인텔 회장이었던 앤드류 그로브(Andrew S. Grove)는 변화 이후의 "전략적 변곡점에 잘 대처한 기업은 번성하고, 그렇지 못한 기업은 망한다."라고 애프터 축복을 강조했습니다. 이제 변화만이 살 길입니다. 인생은 그렇게 복잡한 것이 아닙니다. 내가 변화를 향해 가는 만큼 승급이 달라질 것입니다.

윌버 스미스(Wilber Smith)라는 신학자는 구약에 나타난 신앙 부흥의 특징을 "신앙 부흥은 풍요로움과 번영의 시대를 가져온다."라고 하였습니다. 부흥과 변화는 반드시 새 시대의 번영과 축복을 가져옵니다.

　야곱이 캄캄한 밤중을 맞이했던 황량한 광야에서도 하늘 문을 열어 그에게 축복하신 엘 샤다이, 전능하신 하나님께서 당신이 변화되는 만큼 새 신분으로 승격과 함께 축복해 주실 것입니다.

4. 고품격 변화를 갈망하라

: : : : :

『 ⁷나는 내게 이로웠던 것은 무엇이든지 그리스도 때문에 해로운 것으로 여기게 되었습니다. ⁸그뿐만 아니라, 내 주 예수 그리스도를 아는 지식이 가장 고귀하므로, 나는 그 밖의 모든 것을 해로 여깁니다. 나는 그리스도 때문에 모든 것을 잃었고, 그 모든 것을 오물로 여깁니다. 나는 그리스도를 얻고 ⁹그리스도 안에 있는 사람으로 인정받으려고 합니다. 나는 율법에서 생기는 나 스스로의 의가 아니라, 그리스도를 믿는 믿음으로 말미암아 오는 의, 곧 믿음에 근거하여 하나님에게서 오는 의를 얻으려고 합니다. ¹⁰내가 바라는 것은 그리스도를 알고 그분의 부활의 능력을 깨닫고, 그분의 고난에 동참하여 그분의 죽으심을 본받는 것입니다. ¹¹그리하여 나는 어떻게 해서든지 죽은 사람들 가운데서 살아나는 부활에 이르고 싶습니다. ¹²나는 이것을 이미 얻은 것도 아니며, 이미 목표점에 다다른 것도 아닙니다. 그리스도 예수께서 나를 사로잡으셨으므로 나는 그것을 붙들려고 쫓아가고 있습니다. ¹³형제자매 여러분, 나는 아직 그것을 붙들었다고 생각하지 않습니다. 내가 하는 일은 오직 한가지입니다. 뒤에 있는 것은 잊어버리고 앞에 있는 것을 향하여 몸을 내밀면서 ¹⁴그리스도 예수 안에서 하나님께서 위로부터 부르신 그 부르심의 상을 받으려고 목표점을 바라보고 달려가고 있습니다. ¹⁵그러므로 누구든지 성숙한 사람은 이와 같이 생각하십시오. 여러분이 무엇인가를 달리 생각하면 하나님께서는 그것도 여러분에게 드러내실 것입니다. ¹⁶어쨌든 우리가 어느 단계에 도달했든지 그 단계에 맞추어서 행합시다. 』(표준번역, 빌 3:7~16)

고품격 변화를 갈망하라

영화배우 찰톤 헤스턴은 세계적인 유명 배우로서 '벤허'나 '십계' 같은 기독교 영화에 많이 출연했던 배우입니다. 그가 처음으로 십계라는 영화 촬영을 마친 뒤 기자가 물었습니다.

"헤스턴 씨, 모세와 같은 성인의 역할을 하면 배우 자신도 영적생활에 변화가 옵니까?"

이때 헤스턴이 참 감동적인 대답을 했습니다.

"시내산 흙을 밟고 올라갔던 사람이 어떻게 전과 같은 인간으로 내려올 수 있겠습니까?"

우리는 영적 은혜를 체험하는 만큼 변화를 이룰 수 있습니다. 우리가 예수님을 제대로 만나면 고품격 인생으로 변화될 수 있습니다. 고품격 변화의 훌륭한 모델을 보여주는 또 한 사람이 있습니다.

미국 닉슨 대통령 시절에 대통령 보좌관으로 있으면서 정치적인 권력을 누렸던 찰스 콜슨(Charles Colson)입니다. 그는 머리가 비상할 뿐더러 지독할 정도로 냉철한 사람으로도 유명했습니다. 그런 그가 워터게이트 사건의 주모자로 감옥에 갇히게 되었습니다. 그는 수 년 동안 수감생활을 하다가 마음을 열고 예수님을 영접했습니다. 그는 예수를 믿고 놀라운 변화를 받아 남아 있는 형기 7개월 동안 동료 죄수들을 진정한 사랑과 지성으로 섬기게 되었습니다. 죄수들이 제일 싫어하는 빨래를 자청해서 해주었습니다. 그리고 그는 남은 생애를 죄수들을 위해서 살겠다고 스스로 다짐했습니다. 그 결과 오늘날의 '교도소 선교회(Prison Fellowship)'가 설립된 것입니다.

이처럼 그는 코페르니쿠스적인 변화를 이루었기에 감옥생활을 마치고 『거듭남(Born Again)』이라는 책을 썼는데, 이 책은 한 때 미국사회의 커다란 화젯거리가 되었습니다. 그 후에 그는 종교계의 노벨상이라고 불리는 템플턴상을 받기도 했습니다.

어느 매스컴에서 템플턴상을 수상한 찰스 콜슨에 대해서 평가한 글이 있습니다.

"현재 미국의 가장 건강한 사상적 영향을 끼치고 있는 저술가이자 예수 그리스도의 복음을 통해서 가장 강력한 영향을 끼치고 있는 전도자, 그리고 가난하고 억눌린 사람들의 가장 따뜻한 이웃인 그가 새로운 이웃이 되어 우리 곁에 돌아왔다."

예리하고 매정하며 차가웠던 사람이 예수님을 통해 어떻게 놀랍게 변화되었던지 많은 이들에게 감화를 끼치고 있습니다. 한 마디로 그는 예수님을 통해서 고품격 인생으로 변화된 훌륭한 모델이라고 할 수 있습니다.

예수님은 질적인 변화를 강조합니다. 예수님은 우리에게 근본적인 변화를 이루어주시려고 중요한 이적의 메시지가 되는 '물이 포도주가 되는 기적(Water into Wine)'을 보여주셨습니다. 근본적 변화가 이뤄진 완전한 질적 변화입니다.

어떻게 하면 우리도 이런 질적인 아름다움의 변화, 고품격 변화가 가능할까요?

하나님을 깊이 알아갈수록

하나님의 능력을 알아갈수록 삶의 수준이 달라지고 일하는 태도가 달라지며 비전의 폭이 넓어집니다. 그리고 하나님의 성품을 깊이 알아갈수록 인격과 성품의 질이 달라집니다. 하나님을 깊이 알아갈수록 수준이 달라집니다. 그 대표적인 모델이 사도 바울입니다.

그의 출신 성분은 부러울 만큼 화려합니다. 그는 정통 유태인이었으며 로마 시민권자이기도 했습니다. 지성인이면서도 철저한 종교인이었습니다. 그런데 그가 예수님을 만나므로 엄청난 변화를 이루었습니다. 성품이 완전히 달라졌으며 인격과 삶의 질이 고품격 변화를 이루었습니다.

어떻게 이런 놀라운 변화가 이루어질 수 있었을까요? '예수 그리스도' 때문입니다. 예수님을 새롭게 앎으로 고품격 변화를 이룬 것입니다. 그는 예수 그리스도를 얼마나 존귀하게 여기는지, 그동안 자기에게 유익했던 모든 것을 해로운 것으로 여길 뿐만 아니라 무익하며 오물처럼 여긴다고 선언했습니다(빌 3:7~8). 그처럼 안하무인이고 사만과 야심에 빠져 살았던 바울이 고품격 인생으로 달라졌던 것은 매사에 예수 그리스도만을 바라보며 목적으로 살았기 때문입니다. 줄곧 예수님만을 생각할 때 그의 인생관이 바뀐 것입니다.

변화란 결국 바라봄의 법칙이라고 할 수 있습니다. 하나님을 바라보며 살수록 하나님의 성품을 닮아가는 품격 변화를 이루어갑니다. 내가 무엇을 바라보며 어떠한 목적을 가지고 사는지에 따라 수준이 달라집니다. 바울은 자신의 변화와 성숙의 목표를 예수 그리스도의 충만하심의 경지에까지 도달하는 것으로 삼았습니다(엡 4:13~16). 그는 자나 깨나 예수님을 닮기 원했습니다. 그는 살든지 죽든지 예수님만을 생각하며 살았습니다. 오직 예수님만 바라보며 살았습니다. 그는 다른 사람과 비교하지 않고, 성숙의 목표를 오직 예수 그리스도께만 두었던 것입니다(빌 3:14). 그는 예수 그리스도만을 기준으로 모시고, 예수그리스도만을 완벽한 모델로 삼은 것입니다. 이것이 품성 변화의 비결입니다.

대학 시절에 배운 감동적인 소설 중에 영국의 소설가 서머셋 모옴(Somerset Maugham)의 대표작 『달과 6펜스』가 있습니다. '달과 6펜스'라는 제목은 영국 사람들에게 무엇인가 깊은 의미를 느끼게 해주는 교훈을 담고 있습니다. 6

펜스는 영국 화폐 중 최저 단위입니다. 즉, 6펜스는 저급한 것의 대명사요, 달은 고상한 것의 상징입니다.

달과 6펜스는 둘 다 은색으로 빛나는 둥근 모양입니다. 따라서 이 소설의 주제는 단순합니다. 바로 우리가 돈이나 명예 같은 싸구려의 가치에 현혹되어 사느냐, 달과 같은 고상한 가치를 추구하며 사느냐의 질문인 것입니다. 다시 말하면, 6펜스짜리 싸구려 인생이 되느냐, 아니면 달의 사람이 되느냐 입니다.

우리가 무엇을 바라보며 추구하고 사느냐에 따라 삶의 질이 달라집니다. 어떤 목표를 추구하며 사느냐에 따라 저급한 사람이 될 수도 있고, 고품격 인생이 될 수도 있습니다. 고품격 인생이 될 수 있는 방법은 내가 어떤 기준을 정해놓고 사는 가입니다. 기준이 곧 수준을 결정합니다.

당신은 당신의 삶속에서 얼마나 예수님을 생각합니까? '예수님이라면 어떻게 하셨을까? 예수님이라면 어떤 반응을 보이실까? 예수님이라면 어떤 태도를 취하실까?' 에 관심과 초점을 맞춰야 합니다. 우리는 너무나 예수님과는 상관없이 내 감정 따라, 기분 따라, 형편 따라, 컨디션 따라 내처하기 때문에 품성의 변화가 1차원적인 상태를 벗어나지 못하는 것입니다.

14세기 중세 수도사 토마스 아 켐피스(Thomas a Kempis)가 쓴 명저『그리스도를 본받아』에서 소상하게 제시해주듯이 우리는 모든 일에 예수 그리스도만을 묵상하며 바라보는 만큼 고품격 변화가 가능합니다.

자신을 깊이 알아갈수록

빌립보서를 쓰고 있는 바울은 이미 60세가 넘은 신앙의 노장입니다. 대 사도이고 탁월한 사역자이며 성공적 목회자입니다. 또한 존경 받는 성자였습니다. 그런데도 자기는 여전히 미성숙한 신자임을 두 번씩이나 고백하였습니다. 자기는 '아직 멀었다' 는 것입니다. 그래서 바울은 그동안 자기가 얼마나 변했는가를 보라고 하지 않고, 자기가 얼마나 변화되어야 할 사람인가를 보라고 외쳤던 것입니다. 사람은 이처럼 자신의 내면을 깊이 성찰해갈수록 품성 변화를 이루어 갈 수 있습니다.

성경은 사도 바울의 고품격 변화를 단계적으로 소개하고

있습니다.

첫째 단계, 주후 48년 경 그는 자신의 첫 번째 책인, 갈라디아서를 쓰면서 첫 문장에서 자신을 매우 자랑스럽게 '사도 바울'이라고 소개합니다(갈 1:1).

둘째 단계, 그 후 7년이 지난 주후 55년 경 고린도서신을 쓰면서 "나는 사도 중에 지극히 작은 자라 내가 하나님의 교회를 핍박하였으므로 사도라 칭함을 받기에 감당치 못할 자로다."라고 겸허하게 고백합니다(고전 15:9).

셋째 단계, 그로부터 또 다시 8년이 지난 후인 63년에는 에베소서를 썼습니다. 이때가 50대 후반에 들어선 바울이었습니다. 그는 이렇게 고백합니다. "모든 성도 중에 지극히 작은 자보다 더 작은 나에게 이 은혜를 주셨습니다."(엡 3:8)

넷째 단계, 그는 인생 마지막 날이 가까웠을 65년 경 디모데에게 편지를 쓰면서 자신을 이렇게 소개합니다. "그리스도 예수께서 죄인을 구원하시려고 세상에 임하셨다 하였도다 죄인 중에 내가 괴수(우두머리)니라."(딤전 1:15)

사도 바울은 저음 스스로 자신을 사도라고 칭함으로 출발했지만, 지극히 작은 자로서 그리고 성도 중에서도 작은 자로 또다시 죄인중의 괴수라고까지 한없이 낮아지는 자신을 발견했습니다. 바울은 자신을 깊이 들여다보면 볼수록 내면의 변화가 일어나 이렇게 고백할 수밖에 없었던 것입니다. 끊임없이 더욱 근본적이고도 질적인 변화를 갈망했습니다. 깊은 샘물일수록 단물을 내듯, 그는 깊은 내면의 세계를 이루어 갔습니다.

그래서 사도 바울은 자신의 고품격 변화와 성숙을 위해 세 번씩이나 선언합니다. "나는 하나님께서 정해주신 목표점을 바라보고 달려가고 있다."(빌 3:12, 13, 14) 그가 반복해서 사용하고 있는 이 단어는 '앞을 향해 몸을 내밀고 달려가자' 입니다. 이 표현은 로마 시대에 올림픽 경기장에서의 마차 경주 모습입니다. 마차 경주자는 최고의 속도를 내기 위해 몸을 앞으로 숙이고 목적지를 향하여 힘을 다해 달립니다. 이처럼 바울은 자신의 변화와 성숙을 위해 최선을 다하자고 호소하고 있는 것입니다.

그러면서 바울은 이렇게 격려하며 결론을 내립니다.

"지금 우리가 어느 단계에 도달했든지 그 단계에 맞추어서 힘씁시다."(빌 3:16)

크리스천은 날마다 더 나은 변화, 더 높은 수준으로의 변화를 향해 힘써야 합니다. 기질의 변화, 성품의 변화, 내면의 변화, 인격의 변화를 위해 힘써야 합니다. 고품격 변화를 추구하고 갈망해야 합니다. 변화의 질이 중요합니다. 일시적 변화가 아닌 근본적 변화, 감정적 변화가 아닌 내면적 영성의 변화가 이루어져야 합니다.

날마다 예수 그리스도만을 깊이 묵상하며 바라보고 갈망할수록 고품격 변화가 이루어질 수 있고, 자신의 내면을 깊이 들여다보며 성찰하고 속사람의 근본적 변화를 염원하고 추구할수록 놀라운 변화가 이루어질 것입니다. 고품격 변화를 갈망하며 살아가십시오. 이것을 부패와 혼란의 늪으로 빠져드는 이 시대가 당신들에게 간절히 원하고 있습니다.

Chapter . 03

신바람 부흥 어게인

신바람 부흥 어게인

부흥의 파도를 기대하자

다 같이 성령부흥을 체험합시다

1. 신바람 부흥 어게인

『그러므로 너희가 회개하고 돌이켜 너희 죄 없이 함을 받으라. 이같이 하면 새롭게 되는 날이 주 앞으로부터 이를 것이요.』(개역개정, 행 3:19)

신바람 부흥 어게인

우리나라는 1905년 일본과 을사조약을 맺으므로 대한제국의 외교권을 박탈당했습니다. 1907년 고종황제 마저 일제의 강요에 의해 퇴위 당하는 치욕스런 민족적 위기를 맞아 유사 이래 가장 어두운 터널에 들어가게 되었습니다.

이런 민족적 아픔과 절망적 상황에서 기독교 신자들의 절규하는 기도운동이 전국적으로 퍼져나갔습니다. 그래서 을사조약 다음 해인 1906년 평양과 서울에서 '성령대망 기도 집회'가 열렸습니다. 이때 선교사들은 세계 도처에서 영국 웨일즈부터 인도, 미국, 중국에 이르기까지 성령의 임재와 부흥이 전개되고 있음을 한국교회에 상세히 알려주었습니다.

존 스톤 선교사가 "조선에서는 누가 성령 충만을 받고자

하느냐, 원하는 자는 거수하고 기립하라."고 외칠 때 당시 신학생이며 장로였던 길선주가 일어섰습니다.

그 다음 해인 1907년 평양 장대현교회 부흥사경회에 성령의 불이 임했습니다. 집회 때마다 사람들이 인산인해를 이루어 교회 마당까지 자리를 깔고 앉아야 했습니다. 함경도 원산에서부터 부흥의 불길은 계속 남진하여 전국 강산에 성령의 열기로 불붙었습니다. 이처럼 한국교회는 사도행전 이후 최 단기간 동안에 2천년 기독교 역사상 전무한 성령부흥을 일으켰습니다. 백낙준 박사는 이렇게 해석합니다. "그것은 장차 한국 민족을 당신의 백성으로 삼으시려는 하나님의 놀라운 섭리였다." 일제의 압제에서 국가의 주권을 상실한 위기의 상황에서 한국교회는 고난을 통해 성령의 능력으로 부흥한 것입니다.

그런데 요즘은 전 세계 곳곳에서 교회부흥의 황금시대를 맞이하고 있습니다. 중국 지하교회, 인도네시아를 중심으로 한 동남아, 동구유럽 교회가 힘차게 부흥하고 있습니다. 아프리카 교회는 감당할 수 없을 징도로 급속한 부흥이 일어나고 있습니다. 이 속도로 부흥이 계속된다면 아프리카 인

구의 50퍼센트가 기독교화 될 것으로 예상하고 있습니다.

남미교회도 마찬가지입니다. 그동안 천주교 국가였던 브라질에서는 2007년 부활절 때 300만 명의 크리스천들이 상파울로에 모여 복음 대행진(Gospel Crusad)을 할 만큼 엄청난 부흥의 파도가 일어나고 있습니다.

이제 한국교회가 진정으로 회개하며 부흥할 때가 되었습니다. 시대적 상황을 직시해볼수록 그 어느 때보다도 교회의 뜨거운 부흥이 절실하게 요구되고 있습니다. 더욱이 국가 경제의 회복을 위해서도 먼저 영적 부흥회복이 필요합니다.

교회사가들이 말한 대로 성경과 기독교 역사를 볼 때 교회가 영적 부흥을 일으키면 반드시 번영과 축복의 부흥이 따라옵니다. 한국교회가 부흥 100주년을 기점으로 이런 부흥회복이 다시 일어나기를 소원합니다. 그야말로 성령(신바람) 부흥 어게인이 필요합니다. 정권이 바뀌고 정치, 경제의 각 수장이 바뀌어도 전 세계적인 상황을 고려한다면 한국 경제는 쉽게 달라지지 않습니다.

부흥(Revival)이라는 말 그대로 교회가 부흥할수록 사람들은 삶의 활력을 회복합니다. 힘을 되찾습니다. 생기와 원

기를 되찾습니다. 사회가 소생합니다. 지금이야말로 부흥의
축복을 받아야 할 때입니다.

현대교회는 단순히 살아남기 위한 생존의식(survival
mentality)에서 새 역사의 지평을 이루어 가는 부흥의식
(revival mentality)으로 전환되어야 합니다. 근근이 현상
유지하는 교회가 아니라 새 시대, 새 역사를 주도하는 부흥
의식을 가슴에 품어야 합니다.

그러나 로이드 존스(M. Loyd Jones)가 지적한대로 기성
신자의 성령 충만 없이 부흥은 존재할 수 없습니다. 이미 먼
저 믿는 우리의 심령에 부흥이 일어나지 않으면 이 사회의
소생이 어렵습니다.

부흥은 하나님의 주권적인 선물이지만, 아무 곳에 임하는
것이 아니라 사모하는 곳에 임합니다. 따라서 우리가 어떻
게 하면 성령(신바람) 부흥 어게인의 축복을 누릴 수 있을까
요?

기도운동이 일어나야 한다

기독교의 부흥은 언제나 기도운동에서부터 시작합니다.

성경에 나오는 그 많은 부흥회의 공통점은 사람들이 모여 기도하는데 있습니다. 특별히 회개기도를 많이 했습니다.

사도행전 3장 19절에서도 우리가 회개기도를 하고 죄 사함을 받으면 성령님께서 새롭게 해주시는 신바람의 은혜를 주시겠다고 약속합니다. 이 말은 헬라어적인 문법에서 한여름의 소낙비와 같은 신바람의 부흥을 말합니다. 새로운 축복의 날을 안겨주시겠다는 것입니다. 그러므로 우리는 성령의 새로운 은혜를 받기 위해 더욱 적극적으로 기도해야 합니다.

한국교회는 선교 초기부터 기도가 뜨겁고 강했습니다. 평양 장대현교회 담임 길선주 목사는 민족복음화를 위해 조용히 새벽기도를 시작했습니다. 그는 주일 오전예배 때 "누구든지 원하면 며칠 동안 민족 회복을 위해서 새벽 4시 반에 모여 기도할 수 있다."라고 광고 했습니다. 그랬더니 월요일 새벽 2시부터 사람들이 모여들기 시작했고, 4시 30분이 되자 500여 명이 모였습니다. 며칠 후에는 새벽기도 참석자들이 700여 명으로 늘었습니다. 당시의 인구분포로 볼 때에 굉장한 숫자입니다. 이때 평양의 깡패로 유명한 김익두가 큰 은혜를 받고 놀라운 변화를 받습니다. 예배당을 불 지르고 목사님들을 폭행했던 김익두는 새로운 변화를 받고 이렇게 간증했습니다. "밭 갈듯 하는 성령의 맹렬한 모습에 사람들은 자신의 죄를 쏟아놓고 통회의 눈물을 걷잡을 수 없이 흘렸다. 그래서 성령의 불길은 사람들의 마음을 완전히 새롭게 해줬다." 기도를 통하여 민족과 사회가 완전히 달라졌습니다.

요즘 한국교회에는 우리들의 마음을 새롭게 해주고, 위축된 심령에 신바람을 불어넣어주시는 성령의 불길 같은 은혜가 다시 필요합니다. 그래서 우리는 성령을 대망하는 간구를 해야 합니다.

기독교 역사에 있어서 새로운 부흥의 진원지였던 영국 웨일즈교회의 에반 로버트는 이렇게 간구합니다.

"간절히 원하오니, 지금 성령을 보내주소서. 간절히 원하오니, 지금 강력한 성령을 보내주소서. 간절히 원하오니, 지금 더 강력한 성령을 보내주소서. 간절히 원하오니, 지금 훨씬 더 강력한 성령을 보내주소서."

예배운동이 일어나야 한다

　요즘 한국교회에는 예배갱신에 아주 좋은 운동을 전개해 가고 있습니다. 예배가 역동적일수록 성령의 새 기운을 공급 받고, 영적 부흥이 일어날 수 있습니다. 교회에는 여러 프로그램이 필요하지만, 본질적으로 중요한 것은 예배입니다. 하나님이 기뻐하시는 것이 예배이기 때문입니다. 따라서 우리는 교회의 그 어떤 프로그램보다 예배를 소중히 여기고 최우선해야 합니다. 전문가들도 신앙부흥은 하나님께 대한 참된 예배의 회복에서부터라고 말하고 있습니다. 오늘도 하나님은 참된 예배자를 찾고 계십니다. 예배자를 축복하고 싶으시기 때문입니다.

　예배에 성공하면 인생도 성공합니다. 반드시 그렇습니다. 예배를 포기하거나 실패하지 않아야 합니다. 지금이야말로 예배의 부흥이 필요한 때입니다.

　마크 코너(Mark Conner)라는 미국교회의 새로운 지도자는『변화(Transforming)』란 저서에서 '주일 예배를 성공적으로 드리는 일곱 가지 원리'를 구체적으로 제안하였습니다.

첫째, 주일예배 참석을 신앙생활의 최우선으로 하십시오.

둘째, 주일예배를 어떤 것과 비교할 수 없는 위치에 두십시오.

셋째, 주일예배를 양보하지 마십시오.

넷째, 주일예배를 억지로라도 드리십시오.

다섯째, 주일예배를 온전히 드리도록 결심하십시오.

여섯째, 주일예배를 위한 봉사의 자리를 만드십시오.

일곱째, 주일예배의 가치를 높이십시오.

요즘 주 5일제와 함께 주말여행을 많이 떠나는데, 어떤 상황에서도 예배를 최우선할 수 있어야 합니다. 하나님은 예배하는 자를 축복하십니다.

전도운동이 일어나야 한다

1907년 1월 14일과 15일, 평양 장대현교회에 임한 성령의 역사는 사도행전 이후 가장 강력했습니다. 부흥의 뜨거운 불길은 평양에서 가까운 원산, 선천, 해주, 영변, 황해도 제령지역으로 번져 나갔고, 계속 남진하여 서울과 인천, 강화, 충청도 공주, 대구, 광주와 강원도 동해지역까지 불길처럼 번져나갔습니다.

이런 부흥의 기류를 따라 1909년 한일합방 직전에 백만인 구령운동을 전개해 나갔습니다. 백만인 구령운동에는 세가지 특징이 있습니다. 첫째, 대중 집회를 열어 구원의 복음을 선포했습니다. 둘째, '날 연보(preaching day)'라는 전도 날을 만들어 은혜를 받은 사람들이 일주일 혹은 열흘이나 2주일 이상씩 전도에만 헌신했습니다. 온 동네와 이웃을 찾아다니며, 열심히 복음을 전했습니다. 셋째, 성경 쪽복음서와 전도지를 만들어 널리 배포했습니다. 백만인 구령운동을 위해서 한국성서공회는 마가복음을 백만 권 인쇄하여 전국 각지로 배포했습니다.

강력한 전도운동은 민족적 절망과 비운에 빠진 백성들을 하나로 만들어 주었고, 새로운 희망을 갖게 해주어 3·1운동이 일어나고 결국은 민들레처럼 다시 피었습니다. 전국적으로 교회들이 우후죽순처럼 세워지고 부흥했습니다. 주권을 상실하고 군국주의의 피해를 보고 있던 나라에서 민족정신이 죽지 않도록 참으로 하나 되게 했습니다.

지금도 우리나라가 침체에서 일어날 수 있는 가장 쉬운 길은 민족복음화와 영혼구원운동입니다.

새 생활 운동이 일어나야 한다

　부흥회는 코미디 프로그램이 아닙니다. 말씀이 가슴에 부딪치고, 새겨지고, 각인되고, 은혜로운 생활이 지속되어야 합니다. 변화사건이 일어나야 하는 것이 부흥회의 본질입니다. 그래야 개인의 삶이 달라지고, 사회도 바뀝니다.

　일반적인 부흥의 현상은 사람들이 옛 생활을 정리하고 회개하는데 있습니다. 새로워지고 삶의 변화가 반드시 따라옵니다. 그리고 사회에 새로운 변화가 일어납니다. 즉, 영적 부흥은 교회를 성장시킬 뿐만 아니라 사회를 변화시키는 새 생활 운동을 일으킵니다.

　미국의 콜로라도스프링스를 거룩한 도시로 만든 테드 헤가드(T. Heggard) 목사는 부흥의 본질을 설명하면서 이 점을 강조합니다. "부흥의 시기에는 성령의 임재가 강력히 일어나며, 부흥은 사회와 나라를 변화시킵니다."

　이런 면에서 한국교회의 초기 부흥운동은 사회개혁의 훌륭한 모델이 되었습니다. 개인적인 영적갱신과 함께 금연, 금주, 우상숭배 타파, 여성의 지위향상, 자녀들을 향한 높은 교육열 등으로 사회를 새롭게 했습니다. 다시 말하면, 과거 한국사회의 악습으로 평가받고 있던 노름, 일부다처제의 폐습이 폐지되기 시작했고, 지방 관청의 부정부패가 쇄신되었습니다. 교회가 부흥회를 열기만 하면, 사람들은 즉시로 회개하고, 새로운 삶으로 변화를 받았습니다. 술주정꾼, 도박꾼, 도적놈, 오입쟁이, 살인, 광신적 유학자들, 구태의연한 불교도들, 수천 명의 잡신 숭배자들이 예수 안에서 새 사람이 되었습니다. 이것이 부흥의 본질입니다.

현재 한국교회는 이런 새로운 삶의 변화가 필요합니다. 그동안은 한국교회가 성장에만 주력해왔다면, 이제부터는 진정한 부흥을 통한 새로운 변화를 추구해야 합니다. 우리가 잘못된 관습과 비도덕적이고 비윤리적인 모든 죄를 회개하고 새로워져야 이 민족 위에 유쾌한 날이 옵니다. 부정거래, 뇌물수수, 세금포탈, 임금착취, 촌지부탁, 회사 공금착복, 근무태만, 폭력적 노조운동, 뇌물상납이나 퇴폐적 접대문화를 청산해야 합니다.

우리나라 선교초기 운동처럼 교회가 새나라, 새 민족을 만들어가야 합니다. 이것이 곧 성령의 신바람(Refresh) 부흥운동입니다. 이 부흥운동을 위해 먼저는 회개가 있어야 성령의 새롭게 해주시는 축복의 소낙비가 이 강산 위에 임할 수 있습니다.

지금은 부흥을 위해 기도할 때입니다. 청교도 설교자인 토저(A. W. Tozer)는 새로운 부흥의 필요성을 이렇게 호소합니다.

"우리에게는 부흥이 필요하다. 우리에게는 우리가 십자가에 못 박혀 죽는 부흥이 필요하다. 즐거운 마음으로 하나님의 뜻에 복종하는 부흥이 필요하다. 자기희생에 개의치 않는 부흥이 필요하다. 날마다 십자가를 지고 불과 물을 지나는 것을 특권으로 여기는 부흥이 필요하다. 그러나 안타깝게도 우리는 세상의 영향을 너무 많이 받고 성령님의 영향을 너무 적게 받는다."

그렇습니다. 우리는 세속사회의 영향을 너무 많이 받고 성령의 영향을 적게 받고 있습니다. 하지만 성령의 영향을 충만히 받기만 한다면 얼마든지 신바람나는 부흥을 일으킬 수 있습니다. 이전보다 더 열심히 모여 역동적인 예배를 드리고, 뜨겁게 기도하므로 이 민족과 나라를 살리고 축복하는 새로운 부흥을 일으키십시오. 이것이 당신에게 주신 영적 사명이며 삶의 목적입니다.

2. 부흥의 파도를 기대하자

⁝

『¹²사도들의 손을 통하여 민간에 표적과 기사가 많이 일어나매 믿는 사람이 다 마음을 같이하여 솔로몬 행각에 모이고 ¹³그 나머지는 감히 그들과 상종하는 사람이 없으나 백성이 칭송하더라. ¹⁴믿고 주께서 나아오는 자가 더 많으니 남녀의 큰 무리더라.』(개역개정, 행 5:12~14)

부흥의 파도를 기대하자

2006년 7월 13일은 한국교회 부흥의 새로운 전환점이 된 날이라고 할 수 있습니다. 10만 명 정도의 교인들이 인산인해를 이루며 상암동 월드컵경기장으로 모여드는 광경은 사도행전의 부흥현장을 연상케 했습니다. 거기에 모인 이들은 서로 설레이는 감격과 환희를 느끼는 은혜의 현장이었습니다.

이때 릭 워렌(Rick Warren) 목사는 한국교회의 부흥역사를 세 단계로 명확하게 정리하여 설명해 주었습니다.

"한국교회의 제1차 부흥은 1907년 평양 장대현교회에서 시작되었습니다. 제2차 부흥은 1973년 빌리 그래함(Billy Graham) 전도대회를 기점으로 한국교회는 놀라운 부흥과 성장을 가져왔습니다. 2000년 기독교사의 가장 단기간에 부흥을 이뤄내는 신기원이었습니다. 그리고 제3차 부흥은 2007년 부흥 100주년과 함께 다시 시작되리라 확신하고 있습니다."

하나님은 주기적으로 부흥의 파도를 일으켜주십니다. 물론 부흥의 파도는 전적으로 하나님의 주권에 의해 일어납니다. 그런데 우리가 부흥의 파도를 기대하고 열망하면 반드시 일어납니다.

목회자 컨퍼런스는 기독교 역사상 전무한 일입니다. 지금까지 세계 어느 곳에서도 목회자가 한 자리에 2만 명 이상 모인 사례가 없었습니다. 한국에 6만 교회의 10만 목회자 중 2만여 명이 참석한 것입니다. 미국교회는 약 50만 개, 100만 명의 목회자가 있지만 많이 모여야 5, 6천 명이었습니다. 그런데 한국교회는 여전히 놀라운 저력을 가지고 있습니다. 서울 컨퍼런스에 2만 2천 명이 모였고, 부산 컨퍼런스에는 5천 명이 모였습니다. 전 세계를 향한 한국교회의 자랑입니다.

금세기 미국교회의 영적 지도자 존 맥스웰(John Maxwell)은 부흥의 현상 여섯 가지를 이렇게 말합니다.

첫째, 사람들이 기도합니다. 부흥이 있기 전에 사람들이 갈망하고 갈급해 합니다.

둘째, 하나님이 임재하십니다. 하나님을 개별적으로 깊이 체험하는 은혜가 있습니다.

셋째, 사람들이 회개합니다. 진정한 부흥은 옛 생활의 죄를 정리하고 거룩함으로 나아갑니다.

넷째, 하나님이 사람들을 새롭게 소생시키십니다. 부흥회를 통해 활력과 열정을 되찾게 됩니다.

다섯째, 사람들이 다른 사람들에게 전도하며 사랑을 나누게 됩니다. 부흥하는 교회일수록 전도와 사랑이 뜨겁습니다.

여섯째, 하나님이 사람들을 훈련시키시고 능력을 주셔서 주변에 변화가 일어납니다.

그러면 우리는 어떤 부흥의 파도를 기대해야 할까요?

개인 심령의 부흥(Personal Revival)

부흥은 개인의 가슴속에 성령의 은혜를 체험하는 것입니다. 그래서 기운을 잃은 사람이 활기를 되찾고, 가슴이 냉랭

해진 사람이 뜨거워지는 은혜를 체험합니다. 한마디로 부흥이란 성령의 불을 받는 것입니다.

어느 신학자의 말대로 부흥이란 "땅위에 임하는 하늘이요, 땅에서 체험하는 하늘"입니다. 부흥의 본질을 얼마나 멋있게 설명하고 있습니까?

사도행전 5장에서 보여주는 부흥현상 중 하나는 사람들이 성령의 능력을 체험하는 것입니다. 초대교회 부흥은 언제나 성령의 신비한 기적들이 많이 나타났습니다(행 5:12, 15~16).

사도행전에서는 교회가 부흥할수록 사람들은 성령의 능력과 기적을 놀랍게 체험합니다. 은사도 받고, 병 고침도 받고, 성령으로 더욱 가슴이 뜨거워졌습니다. 이처럼 부흥의 파도가 밀려올 때 사람들은 개별적으로 성령을 체험하게 됩니다.

미국의 유명한 로리 헬론드 목사는 이렇게 말합니다.

"성령의 두나미스가, 성령의 능력이 내 속에서 자유롭게 역사하시는 그 부흥이 우리의 심령에 필요합니다."

우리도 다 같이 갈망합시다. "주여, 제 가슴에 뜨거운 부흥을 주옵소서!"

관계적 부흥(Relational Renewal)

사도행전이 보여주는 교회부흥의 건강한 모습이 또 하나 있습니다. 대단히 매력적인 현상인데, 그것은 곧 교인들이 서로 뜨겁게 교제하는 모습입니다(행 5:12). 부흥현상이 나타나면서 사람들이 모두 다 한 마음이 되어 함께 모이고 교제했습니다.

부흥하는 교회를 보면 사람들이 예배 후에 남아서 서로 교제합니다. 교회가 부흥할수록 서로 화목하고, 일치단결하며, 관계가 회복되고, 교제가 더 깊어집니다. 이처럼 교인들 사이에 관계가 아름다워질수록 예배도 활기차고 찬양 소리도 높아집니다. 부흥할수록 수다쟁이와 험담꾼이 사라집니다. 한마디로 부흥하는 교회일수록 잘 모이게 됩니다. 이것이 사도행전적 부흥입니다. 부흥이 일어날 때마다 교인들은 모두 다 마음을 같이했고, 서로 교제했고, 피차 훈훈한 관계를 맺습니다(행 1:14, 2:1, 44, 3:1, 4:24, 5:12).

신약성경만 보더라도 '서로' 라는 말이 58번이나 반복됩니다. 서로 섬기라, 서로 사랑하라, 서로 교제하라, 서로 화목하라, 서로 격려하라, 서로 돌봐주라… 등입니다. 교회는 서로 공동체요, 교제 공동체입니다. 부흥하는 교회일수록 서로 만나고자 합니다.

교회에서 한 사람이 6, 7명 정도 사람들과 가까운 친분관계를 맺고 있으면 결코 교회를 옮기거나 떠나지 않는다고 합니다. 그리고 한 사람이 67명까지 끈끈한 친분관계를 맺으며 교제할 수 있다고 합니다. 당신은 몇 명과 교제를 나누고 있는지 이름을 기억해 보십시오.

제레미 리프킨(Jeremy Rifkin)은 21세기를 '접속의 시대(The Age of Access)'라고 말합니다. 그는 "21세기에는 누가 강력한 사람이 되는가?"라는 질문에 "21세기의 강자는 얼마나 많은 것을 소유하느냐가 아니라 얼마나 많이 접속할 수 있느냐에 달려 있다."라고 답변하였습니다.

소유가 아니라 접속입니다. 관계입니다. 특히 좋은 공동체 안에서 좋은 사람들과 사귄다는 것은 최고의 재산입니다. 좋은 신앙 공동체, 좋은 교제권을 형성하는 것은 최고의 축복입니다.

어느 날, 존 맥아더 목사는 어떤 교인이 예전에는 매우 성실하게 예배를 참여하다가 최근에는 교회를 좀처럼 나오지 않아서 추운 겨울날 심방을 갔습니다. 가족들과 벽난로 앞에 앉아 불을 쪼이며 몸을 녹이다가 목사님께서 일부러 부젓가락으로 장작들을 서로 닿지 않게 흩어놓았습니다. 그러자 벽난로의 불이 금세 꺼지고 열이 식었습니다. 그때 존 맥아더 목사는 이렇게 말했습니다. "은혜는 함께 모여야 체험하고, 성령님은 함께 모여 기도할 때 큰 능력으로 역사하십니다."

교회는 모두 한 마음, 한 열정으로 협력할수록 성령의 능력으로 더욱 크게 부흥할 수 있습니다. 협력은 한자로 '協力'인데, 예수님의 십자가를 중심으로 서로 힘을 합한다는 뜻입니다. 성령님이 부흥의 파도를 몰고 오실 때 우리가 연합할수록 그 불길은 더욱 힘차게 퍼져나갈 것입니다.

많은 교회들이 개인의 부흥과 교회적 부흥은 자주 경험합니다. 1970년대와 이번 부흥에도 불구하고 교회가 탄력 있게 성장하지 않을 수 있습니다. 그 이유는 세 번째 부흥으로 가지 못하기 때문입니다.

목적이 있는 부흥(Missional Revival)

부흥회가 끝나고 더 성장하지 못하는 이유는 목적을 분명히 하지 않아서 입니다. 하나님께서 교회의 부흥을 주실 때는 반드시 목적이 있습니다. 우리끼리 은혜 받고, 친교만 하라고 교회를 세우신 것이 아닙니다. 하나님은 분명한 목적을 가지고 교회를 세우셨습니다. 그러므로 부흥의 목적이 없으면 교회는 성장하지 않습니다.

많은 사람들이 부흥회 때 은혜를 받고 황홀한 감격과 감동을 체험함에도 불구하고 쉽게 시들어지는 이유가 무엇일까요? 그것은 자신의 삶을 향한 하나님의 목적을 발견하지 못했기 때문입니다. 목적 없는 부흥의 은혜는 한시적입니다. 그러나 부흥회 때 인생의 근본적 가치관과 목적에 대한 변화로 하나님이 우리를 이 땅에 보내신 목적을 분명히 알 때 비전과 사명감을 가지고 활기찬 인생을 살아갈 수 있습니다.

하나님의 자녀들에게 주어진 놀라운 축복은 "죄사함, 마음의 평화, 하나님의 자녀로 살 수 있는 능력, 삶의 진정한 목적을 아는 축복"입니다.

그러므로 우리는 심령의 부흥을 통해 은혜를 받을수록 나를 향한 하나님의 목적을 더욱 뚜렷이 발견하고, 그 목적에 따라 살아야 합니다.

이것이 릭 워렌 목사가 강조하는 '목적이 이끄는 삶 (Purpose Driven Life)'입니다. 'drive'라는 말은 '길을 인도하다, 통제하다, 방향을 제시하다, 또는 이끌다'라는 뜻입니다. 우리가 자동차를 운전하든, 골프공을 치든 우리는 그 순간 그것을 인도하고, 통제하며, 이끌어가는 것입니다. 그렇다면 우리의 삶의 원동력은 무엇일까요? 나를 향한 하나님의 목적에 이끌려 사는 것입니다. 목적이 분명할수록 그 원동력은 더욱 강해집니다.

다윗이 바로 그런 사람이었습니다. 다윗은 목적을 품고 살았던 사람의 대표자입니다. 사도행전 13장 36절은 짧은 한 문장이지만 다윗의 인생을 가장 잘 정리해주고 있습니다. "다윗은 자기 세대에서 하나님의 목적을 좇아 섬기다가 죽었더라." 왜 다윗은 하나님의 마음에 맞는 사람이 되었을까요? 그의 생애 동안에 하나님의 목적을 성취해드렸기 때문입니다.

이번에 한국교회 제 3차 부흥운동 견인차 역할을 한 릭 워렌 목사를 하나님께서 왜 포스트 빌리 그래함으로 쓰실까요? 그는 목적이 분명한 삶의 부흥을 일으키고 있기 때문입니다. 전 세계 곳곳에서 일어나는 부흥의 이변은 전근대적인 부흥이 아니라 목적이 분명한 부흥이 일고 있기 때문입니다.

국민일보에 보도된 새들백교회 릭 워렌 목사와의 인터뷰 내용이 참 감동적입니다.

"나는 매일 간구합니다. 저는 하나님의 목적에 복종하는 삶을 살겠습니다. 나는 평생 동안 당신의 길을 가겠습니다. 나는 자신의 이윤을 이끄는 삶이 아니라 하나님을 위해서 목적이 이끄는 삶을 살겠습니다."

당신도 목적이 분명한 삶을 사십시오.

구조적 부흥(Structure Renewal)

사도행전에서 보여주는 교회부흥의 본질은 구조적이고 조직적입니다. 교회가 부흥할수록 체계적 조직을 형성하여 효율적이고 생산적인 시스템을 구축해 나갔습니다. 이것은 사도행전 2장부터 시작합니다. 교회에 부흥의 파도가 밀려올수록 교회를 다이나믹한 구조로 만들어 나갔습니다. 6장까지 가보면, 믿음과 성령이 충만한 일꾼들을 세워 교회의 조직구조를 효율적이고도 생산성 있게 변화시키고 있습니다.

한마디로 모든 교인이 사역자로 헌신하도록 체계화시킬
때 교회는 더욱 더 힘차게 부흥합니다. 전 교인이 체계적으
로 헌신합니다. 그래서 전 교인이 사역자가 되는 것입니다.
이어서 사도행전 6, 7장에서 더욱 부흥하는 모습을 볼 수 있
습니다.

어떤 생물도 뼈대 없이는 8센티미터 이상 자랄 수 없다고
합니다. 사람도 뼈의 골격이 성장하지 않으면, 두 살배기 수
준으로 멈춘다고 합니다. 뼈가 없으면 살 수가 없습니다. 교
회도 마찬가지입니다. 교회는 반드시 구조적으로 부흥해야
합니다.

바꾸어 말하면 성령 충만함을 받은 사람들이 조직적으로
일하는 교회는 반드시 부흥하게 됩니다. 이것이 사도행전 6
장의 원리입니다. 사도들은 기도하는 일과 말씀 전하는 일
에 전심전력하고, 구제와 선교활동 등 모든 봉사사역을 전
교인에게 위임하고 맡겼을 때 교회는 왕성하게 부흥했습니
다. 그래서 초대교회임에도 개척초기부터 세계선교를 추진
할 수 있었습니다. 한국교회도 선교초기부터 초신자라도 성
령 받으면 곧바로 사역자가 되는 시스템을 형성하여 힘차게

부흥했습니다.

이처럼 교회가 부흥하려면 구조가 변해야 합니다. 모든 기관과 조직, 선교회, 셀 공동체가 교회의 본질적 목적에 따라 하나가 되면 부흥의 파도는 더욱 힘차게 일어납니다. 그러므로 우리 모두 다 사역자가 되어야합니다.

그래서 우리 교회는 구조적으로 '3M 전략'을 추진하고 있습니다. 첫 번째 단계는 초신자들을 위한 Membership 클래스입니다. 두 번째 단계는 성숙을 위한 Maturity 클래스입니다. 성경공부와 제자훈련 과정입니다. 그리고 세 번째 단계는 Ministry 클래스입니다. 전 교인의 사역자화입니다.

이와 같은 하나님의 목적에 따라 우리 교회는 전 교인의 사역자화를 위한 슬로건을 자주 제창합니다.

"우리는 구도자(seekers)에서 성도(saints)로 변해야 하고, 소비자(consumers)에서 기여자(contributors)로, 청중(audience)에서 군사(army)로, 회원(members)에서 사역자(ministers)로 바뀌어야 합니다."

우리는 무엇인가에 기여하기 위해 지음 받고, 구원받은 사람들입니다. 특히 우리는 하나님을 섬기도록 부름 받았습니다. 또 우리는 다른 사람을 섬김으로 하나님을 섬깁니다. 그래서 모든 사역은 다 중요합니다. 동일하지는 않으나 동등합니다.

마더 테레사(Mother Teresa)는 "거룩한 삶은 미소를 띠고 하나님의 일을 하는 것 안에 있다."라고 하였습니다. 거룩한 미소를 띠고 하나님의 일을 하는 사역자가 되십시오. 놀라운 부흥의 파도가 한국교회에 밀려오도록 기도하며 기대하십시오.

3. 다 같이 성령부흥을 체험합시다

『¹오순절 날이 이미 이르매 그들이 다같이 한 곳에 모였더니 ²홀연히 하늘로부터 급하고 강한 바람 같은 소리가 있어 그들이 앉은 온 집에 가득하며 ³마치 불의 혀처럼 갈라지는 것들이 그들에게 보여 각 사람 위에 하나씩 임하여 있더니 ⁴그들이 다 성령의 충만함을 받고 성령이 말하게 하심을 따라 다른 언어들로 말하기를 시작하니라. 』(개역개정, 행 2:1~4)

다 같이 성령부흥을 체험합시다

한국에 복음의 씨앗을 뿌려준 선교사들의 후예들이 살고 있는 미국의 뉴저지 프린스턴신학교에는 평양부흥운동에 동참했던 선교사들의 후손들이 살고 있습니다. 그때의 일을 기억하는 마포삼열 선교사의 아들 마삼락 교수가 있습니다.

마 교수는 그때의 일을 "평양대부흥운동은 복음이 메말랐던 한국 땅에 생수의 강이 흐르게 했던 놀라운 은혜의 현장이요, 한국교회 역사의 큰 전환점이었다."고 기억하고 있습니다. 그러면서 그는 "대부흥이 일어나기 1년 전 평양지역에서 3만 명 이상이 세례를 받고 새신자가 되었다. 하지만 3만 명 모두가 진정한 크리스천이었다는 것을 의미하지는 않는다. 그 후에 일어난 부흥이 진정한 기독교가 무엇을 의미하는지를 보여주는 것이다. 바로 복음을 선포하고 실천

하는 면에 있어서 말이다. 그것은 매우 빠르게 일어났다."고 하였습니다.

20세기 초 한국은 계속되는 강대국들 간의 전쟁과 침략으로 전쟁의 상처는 깊어만 갔고 백성들의 심령은 피폐해졌습니다. 선교사들은 황폐화된 심령에 믿음의 씨앗을 뿌리기 시작한 것입니다. 한국으로 건너온 선교사들은 복음을 전할 뿐 아니라 물질로도 도움을 주었습니다. 한국어로 번역된 성경을 볼 수 있게 되었으며, 특히 1890년 언더우드가 한글로 직접 만든 한영문법을 보급해 선교사들과의 의사소통에도 도움을 주었습니다. 한국에 파송된 선교사들은 대부분이 무디 부흥운동에서 영향을 받은 젊은이들이었습니다.

한반도 역시 부흥의 물결이 일어나 수많은 크리스천들이 열정을 가지고 하나님의 말씀 앞으로 나아오기 시작했습니다. 말씀 사경회와 예배를 위해 몇 백 킬로를 걸어오는 것쯤은 보통 허다한 일로 여겨질 만큼 말씀을 사모했습니다.

이런 열정과는 다르게 선교사들에 대한 백인우월주의와 한국인들의 열등의식은 서로의 마음속에 깊은 갈등으로 자리 잡게 되었습니다. 갈등은 그대로 남겨둔 채 말씀에 대한 사모함은 커져 갔습니다.

그 시기에 원산에서는 화이트 선교사와 맥컬리 선교사 둘이서 작은 기도모임을 갖기 시작했습니다. 비록 두 명이 시작한 기도회였지만 나중에는 원산지역 선교사들 모두가 참석하는 기도회로 발전하게 되었습니다.

기도회 때 가장 강력한 성령의 역사를 체험한 선교사가 있었습니다. 바로 이 기도회의 강사로 청빙된 하디 선교사였습니다. 그는 성령의 은혜로 말미암아 자신 안에 있던 죄악을 회개하기 시작했습니다. "성령이 내게 오셨을 때 그분의 첫 요구는, 나의 선교사 생활의 대부분을 함께 보냈던 선교사들 앞에서 나의 실패와 그 원인을 시인하게 하는 것이었습니다. 그것은 고통스럽고 굴욕적인 경험이었습니다." 하디 한 사람의 변화로 함께 했던 선교사들도 자신의 죄에 대한 자복이 이루어졌습니다. 또한 하디는 선교사들은 물론 성도들에게도 자신의 죄에 대해 낱낱이 고백하였습니다. 그는 원산 감리교회에서 성도들 앞에서 울면서 고백하기 시작했습니다. "저는 조선 사람들은 나와 다른 인종이라 어쩔 수 없다는 편견에 사로잡혔습니다. 저는 성령충만 하지 못했습니다."

하디의 고백에 한국 성도들 역시 자신들도 선교사님들을

미워했다며 용서를 구했습니다. 지도자로서 그의 진정한 고백이 성도들을 영적 잠에서 깨운 것입니다. 죄가 무엇인지 깨닫지 못했던 성도들이 하나님 앞에서 참 부흥을 깨닫게 된 것입니다. 이것이 원산부흥운동의 시작이었습니다. 하디의 부흥운동으로 인해 선교사들도 변화되기 시작했습니다. 1894년 순교한 제임스홀과 제타 셔우드 홀 역시 그 선교 대열에 동참한 자들이었습니다. 아들 셔우드 홀도 그중 한 명이었습니다. 훗날 셔우드 홀은 『조선회상』이라는 책에 이렇게 기록하였습니다. "당시 12살이었던 홀은 하디 선교사의 집회를 참석하여 서양에 가서 사업가가 되는 것이 꿈이었으나 하디의 설교를 들은 나는 아버지와 어머니처럼 선교사가 되어 내 생애를 조선에 바치기로 결심하였습니다." 셔우드 홀은 한국 최초의 결핵 요양원을 설립하고 크리스마스실을 발행하여 결핵 퇴치에도 앞장선 바 있습니다.

이렇게 시작한 영적 부흥의 기운은 전국으로 확산되었습니다. 1907년 평양 모든 선교사들이 평양에서 열리는 사경회에 놀라운 역사들이 일어나기를 기도했습니다. 이전보다 더 강력한 성령의 빛이 비추기 시작했습니다. 위대한 부흥운동이 시작된 평양 장대현교회는 한국 최초의 선교사 토마

스의 순교로 세워졌습니다. 자신을 죽이려고 칼을 뽑아든 박춘권에게 성경을 전해 준 것이 복음의 씨앗이 되어 '널다리교회'가 세워졌는데 이것이 바로 장대현교회의 시초가 된 것입니다. 그리고 장대현교회에서 평안남도 사경회가 시작되었습니다(1907년 1월 2일~1월 15일).

연일 열리는 참석자 중에는 삼백 리를 달려온 사람들, 영하 2,30도를 오가는 산을 넘어온 사람들, 사경회 기간 자신들이 직접 먹을 쌀을 짊어지고 온 사람들도 있었습니다. 이들의 말씀에 대한 열정은 정말 그 어떤 것도 막을 수 없을 정도로 대단한 것이었습니다.

사경회가 끝나갈 무렵인 14일 길선주 장로는 마룻바닥에 엎드려 자신의 죄를 낱낱이 고백하기 시작했습니다. 이에 많은 성도들 역시 각자 자신들의 죄를 눈물로 통곡하며 고백하기 시작했습니다. 성령의 역사 앞에 한 올의 실오라기 같은 죄악도 숨길 수가 없었습니다. 선교사들과 성도들은 서로간의 쌓였던 감정들을 하나하나 풀어가기 시작했습니다. 서로가 미워하고 증오했던 죄악들을 서로가 같이 고백했습니다. 훔쳐간 돈과 물건을 돌려주고, 타인에게 상처 주었던 사람들은 찾아가 용서를 구하며 충만한 성령의 임재를 경험할 수 있었던 것입니다. 다시 말해 성령의 은혜로 말미암아 모든 것이 제자리로 돌아갈 수 있었습니다.

20세기 초 평양은 기생의 도시, 거짓과 음행이 자리 잡고 있던 도시였습니다. 그러나 이렇게 타락한 도시에서부터 한반도의 부흥은 시작되었던 것입니다. 하나님은 타락과 음행의 도시에서 축복과 은혜의 도시, 동방의 예루살렘으로 변화시켜 주신 것입니다.

원로 방지일 목사는 이렇게 말합니다. "장대현교회에서 죄를 자복하는 일이 있어서 그 때의 일을 들어보면 굉장해요. 순경들이 와서 '죄인 잡으러 왔다. 여기는 죄인 잡기 좋다 '라고 했어요. 왜냐하면 죄를 다 자복하니까. 그런데 순경들이 죄인 잡으러 왔다가 자기도 죄를 회개하고 예수를 믿는 그런 일이 있었습니다."

평양대부흥운동이 일어났을 무렵, 한국을 방문했던 영국 성서교회 리트리 목사는 본국으로 보내는 보고서에 평양대부흥운동을 이렇게 말했습니다. "한국에서는 매 5일마다 장이 서는데 그날은 다른 날보다 물건을 더 많이 만들고 판다. 최근에 주일날이 장날과 겹치게 되자 1,000여 명의 어른과 아이들이 청주의 주일학교에 모였다. 주일을 범하지 않고

금전적 희생을 하기로 결심한 것이다."

또한 존매큔 선교사가 미국북장로교선교부 총무 아더 브라운에게 보내는 편지에는 이런 내용도 있었습니다. "장대현교회에서 모인 지난밤 집회는 최초의 실재적인 성령의 권능과 임재의 현시였습니다. 우리 중 아무도 지금까지 이전에 그 같은 것을 경험하지 못했으며, 우리가 웨일즈 인도 등지에서 일어난 부흥운동에 대해 읽었지만 성령의 역사는 지금까지 읽었던 그 어떤 것도 능가할 것입니다."

평양대부흥운동은 일본의 불평등조약에 따른 어두워진 우리 민족에게 소망을 불어넣어 주는 소중한 계기도 되었습니다. 민족이 가장 처절한 민족적 치욕을 겪고 있을 때 교회의 지도자들은 민족적 수난에 온몸으로 항거하는 용기를 보여주었습니다. 내적인 각성운동이 대 사회 대 민족의 구원 사명으로 한걸음 더 나아갈 수 있었던 것입니다.

평양대부흥이 있기 전 각 모양대로 기도로 준비했던 신앙의 선배들처럼 1907년의 부흥이 이 땅에도 나타나길 소망하십시오.

100년 전 한반도를 뒤흔들었던 성령의 바람이 지금도 우리를 향해 불어오고 있습니다. 복음의 불씨, 회개의 불씨, 기도의 불씨가 훨훨 타오를 수 있는 성령의 바람, 그로 말미암아 나의 죄가 드러나고 죄의 고백으로 모든 것이 회복되는 역사가 100년 전이 아니라 지금 여기 우리 가운데 일어나기를 간절히 소망하십시오.

한국교회는 사도행전에 나타난 성령부흥을 체험한 축복받은 교회입니다. 그것이 곧 1907년 평양대부흥입니다. 1907년 1월 6일부터 시작한 평양 장대현교회 부흥회는 전국 각지에서 1,500여 명의 성도들이 모여들었습니다. 그들은 성령의 임재를 간절히 사모하는 기도와 간구로 시작했습니다. 그래서 1907년 1월 14일에 사도행전 2장과 같은 성령의 임재가 강력히 나타난 것입니다. 이때 부흥회에 참석한 모든 사람들은 개별적으로 성령의 능력을 받았습니다.

이처럼 하나님은 우리 한국교회를 사랑하셔서 이미 성령부흥의 은혜를 부어주기 시작하셨습니다. 이번 릭 워렌(Rick Warren) 목사님 초청 상암동 경기장 집회를 출발점으로 신바람 부흥 어게인이 시작된 것입니다. 이미 부흥의 파도는 몰려오기 시작했습니다. 지금은 다시 한 번 부흥의 능력체험이 필요한 시대입니다. 하나님의 강력한 나타나심을 체험해야 합니다.

19세기 부흥운동의 선구자 찰스 피니(Charles G. Finney)는 "사람들이 다양한 성경공부와 풍성한 설교를 들어도 변화가 없고, 오히려 더 완악해지는 근본 이유는 성령부흥을 체험하지 못하기 때문이다."라고 하였습니다. 오늘날 성경공부와 좋은 설교가 여러 매체를 통해서 얼마나 많습니까?

그러나 성령부흥 이외에는 교회가 거룩해지는 비결도 없고, 사람들이 변화 받거나 성숙해지는 비결도 없습니다. 부흥은 믿는 자들이 성령을 받을 때에만 가능합니다.

그러면 우리가 어떻게 해야 성령부흥을 체험할 수 있을까요?

다 같이 모여 기도하라

예루살렘 마가 다락방에 모였던 사람들은 성령 받기 위해 다 같이 한 마음으로 기도했습니다. 사도행전 1장 1절에서 역동적으로 설명하는 오순절 성령강림의 축복이 있기까지 그들은 마가 다락방에 모여 기도하는 일에 힘썼습니다. 모두가 다 같이 한 마음으로 기도에 주력했습니다. 그래서 성령이 마가 다락방에 강림하신 것입니다. 성령님은 기도하는 곳에 임하십니다. 우리가 함께 모여 기도할 때 성령의 부흥이 일어납니다.

초대교회 성도들이 성령부흥을 체험한 비결은 간단합니다. 함께 모여 기도할 때 성령이 임했습니다. 함께 모여 기도하십시오. 운동선수나 연예인, 건강 박사들의 강의에는 많은 사람들이 모입니다. 그러나 기도하자고 할 때는 모이지 않습니다. 기도로 모였을 때 하나님이 은혜를 부어주시고, 낙타무릎을 가진 자들을 축복하십니다.

1904년 영국 웨일즈(Wales) 부흥이 일어나기까지 교인들은 작은 골방에 모여 한 마음으로 기도했습니다. 특히 나이어린 소녀들이 성령의 임재를 받기 위해 순진하게 기도한 것이 부흥의 원동력이 되었습니다. 또 1905년 인도의 카르시아 부흥은 고아와 과부들의 애절한 기도로 시작되었습니다. 1906년 미국 LA 아주사거리의 부흥은 흑인노예들의 뜨거운 기도로 일어났습니다. 그리고 1907년 우리 강토에 성령의 바람이 분 것입니다.

오늘날도 마찬가지입니다. 뜨거운 가슴으로 성령부흥의 은혜를 사모하고 간구하면 반드시 강력한 성령의 역사가 일어납니다.

오래전 독일 하이델베르그의 프레기쩌 목사님이 주일날 설교하러 나오자마자 "불이야, 불이야, 불이야!"라고 외쳤습니다. 갑작스런 외침에 교인들이 깜짝 놀랐습니다. 예배를 드리던 교인들이 놀라면서 "어디서요?"하며 웅성거리기 시작했습니다. 그때 프레기쩌 목사님은 진지하게 말했습니다. "오순절 날 제자들의 가슴속에 성령의 불이 붙었습니다." 이날부터 교인들은 성령부흥 체험을 위해 기도하기 시작했고, 교회는 부흥의 불길이 일어났다고 합니다.

지금 우리나라는 성령부흥을 통해서만 국가경제가 회복될 수 있는 시점에 와있습니다. 이 나라의 앞길을 누가 풀어가겠습니까? 성령의 부흥이 있다면 반드시 번영을 가져올 것입니다.

최근에 지구상에서 가장 비참했던 나라가 가장 축복된 나라로 변화된 사건이 있었습니다. 아프리카 우간다에서 일어난 일입니다. 우간다는 군사 독재 정부가 집권하면서 정치적, 경제적으로 붕괴되고 에이즈가 창궐했던 나라였습니다.

그러나 하나님께서 엎드려 기도하는 몇몇 사람을 통해 우간다를 성령의 부흥을 통해 재건시켜주셨습니다. 우간다의 대통령 부부는 전 국민을 모아놓고 대국민 선언문을 낭독했습니다. "우리는 하나님을 믿습니다. 우리는 더 이상 독재국가가 아닙니다. 더 이상 경제 빈국이 아닙니다. 우리는 하나님을 믿습니다." 대통령부터 대국민 신앙고백을 선포한 것입니다.

이런 성령부흥을 통해 가난과 독재의 나라 우간다는 아프리카의 경제 대국 3위의 부강한 나라가 되었습니다. 에이즈가 사라지고, 가정이 회복되며, 서로 사랑하고 용서하는 역사가 불과 10년 전에 일어난 것입니다. 우리나라에도 이런 성령의 부흥과 경제번영이 일어나도록 힘써 기도합시오.

다 같이 성령의 능력을 받으라

성경을 보면, 성령부흥 체험을 위해 마가 다락방에 모였던 120명의 성도들은 다 같이 성령의 능력을 받았습니다. 복음서를 보면 예수님을 믿은 사람들이 수천, 수만 명이었습니다. 또 부활하신 예수님을 만난 사람들도 500여 명이나 되었습니다. 그리고 예수님의 승천을 구경한 사람들도 상당히 많았습니다. 그러나 오순절 날 성령의 능력을 받은 사람들은 마가 다락방에 모여 한 마음으로 기도한 120명뿐입니다.

사도행전 2장은 그 부흥의 현장을 아주 생생하게 알려주고 있습니다. "성령이 온 집에 가득히 임하였고(2절), 모인 사람 각자가 성령을 받았으며(3절), 모인 사람 모두 다 성령 충만을 받았더라(4절)." 이처럼 우리도 누구든지 성령의 능력을 받을 수 있습니다.

요한복음 3장 16절에서는 누구든지 예수를 믿으면 구원을 선물로 주신다고 말씀하고 있고, 누가복음 3장 16절에서는 누구든지 예수를 믿으면 성령을 선물로 받을 수 있다고 강조하고 있습니다.

사도행전 2장은 이점을 좀 더 생생하게 설명해 주고 있습니다. "그들은 성령의 바람소리를 다 들었고(2절), 그들은 성령의 불을 다 보았으며(3절), 그들은 성령의 방언을 다 말했더라(4절)." 거기 모여 기도하던 사람들은 다 같이 듣고, 다 같이 보고, 다 같이 말했습니다. 한마디로 성령 받기 위해 다 같이 모여 기도한 사람은 모두 성령부흥을 체험했습니다.

어떤 화가 지망생이 자기도 그림을 잘 그려보려고 스승으로부터 화통을 빌렸습니다. 스승의 좋은 화통만 빌리면 좋은 그림이 나올 줄 생각했던 것입니다. 그러나 스승은 매우 교훈적인 말씀을 하셨습니다. "내 화통을 빌려가지 말고, 내 화심의 불을 받아야한다." 마찬가지입니다. 우리도 성령의 불과 능력, 곧 성령세례를 받아야 합니다. 그러기 위해서 우리는 다 같이 모이는 일에 힘써야 합니다.

우리나라 초대교회 성도들은 부흥회에 참석하려고 수십 리 길, 수백리 길을 먹을 것과 취사도구를 이고, 지고 왔습니다. 길선주 목사는 평양 장대현교회 장로로 섬기다가 은혜 받고 목사가 되었습니다. 그리고 세계 초유의 새벽기도 운동을 일으켰습니다. 이것이 1907년 평양대부흥의 불씨가 된 것입니다.

당신도 함께 모여 기도하므로 성령부흥의 은혜와 능력을 체험하시기를 축복합니다.

"함께 모여 성령 충만함을 받으십시오."

"당신도 성령부흥을 체험할 수 있습니다."

부흥을 넘어 변화로

초판 1쇄 발행 2007. 10. 15
초판 2쇄 발행 2012. 3. 10

지은이   조봉희
펴낸이   방주석
펴낸곳   베드로서원

주소   (우)110-740 서울 종로구 연지동 136-56 한국기독교연합회관 1309호
전화   02)333-7316 | 팩스   02)333-7317
이메일   peterhouse@paran.com
홈페이지   www.peterhouse.co.kr

출판등록   2010년 1월 18일(제59호) / 창립일(1988년 6월 3일)
ISBN   978-89-7419-247-1 03230
책값   뒤표지에 있습니다.

베드로서원은 말씀과 성령 안에서 기도로 시작하며
영혼이 풍요로워지는 책을 만드는 데 힘쓰고 있으며,
문서선교 사역의 현장에서 세계화의 비전을 넓혀가겠습니다.

나의 힘이신 여호와여 내가 주를 사랑하나이다(시 18:1)